Für Gioia – Für Christoph

Jede vermeintliche Ähnlichkeit von Begebenheiten,
Namen oder realen Personen wäre rein zufällig und
nicht beabsichtigt.

Bettina S. C. Stadeler

ANGSTASPHALT

Kriminalroman

1. Auflage 2012
© 2012 Bettina S. C. Stadeler
www. angstasphalt.com
facebook.com/angstasphalt

Layout und Satz: Tegernseer Königsfrosch
Umschlaggestaltung: Gioia-Kitty Design, Berlin
Herstellung und Verlag: BoD–Books on Demand,
Norderstedt
ISBN: 978-3-8482-3102-7

Bibliografische Information der Deutschen Nationalbibliothek: Die Deutsche Nationalbibliothek verzeichnet diese
Publikation in der Deutschen Nationalbibliografie; detail-
lierte bibliografische Daten sind im Internet über
http://dnb.dnb.de abrufbar

Ihr Kopf ist bedeckt, man sieht nur ein kleines Stück ihres Kinns, es wirkt, als hätte sie sich die Decke übergezogen, um Verstecken zu spielen. Sie trägt ein blassblaues T-Shirt und Jeans, ihr Körper wirkt ein wenig unterernährt, ihre Füße stecken in roten Socken und bunten Kunststoffsneakern. Auf dem Moos liegend wirkt sie wie ein Kind, welches mitten im Spiel innehält, um ein wenig auszuruhen, neben sich eine zerfledderte Puppe.

Die Spurensicherung ist vor Ort, der Bereich großräumig abgesperrt. Dr. Neuss, der hiesige verantwortliche Gerichtsmediziner, beugt sich zu ihr hinunter und entfernt behutsam die Decke. Er zuckt zusammen. Seit nunmehr 18 Jahren übt er diesen Beruf aus, er hält sich für abgeklärt, jedoch nicht für abgestumpft. Daher trifft ihn der Anblick dieses Kindes hart. Kinder, gerade wenn sie wie dieses Mädchen noch besonders klein sind, erzeugen auch bei ihm in einem kurzen Moment den Wunsch nach Vergeltung. Gefühle, die er sich in seinem Beruf nicht leisten darf. Gefühle, die seine Arbeit behindern würden, ihn Wichtiges übersehen lassen würden.

Er ist kein Richter. Seine Arbeit besteht im Finden von Details, in der Suche nach dem Grund, in den schlichten Dingen, wie Todesursache und Zeitpunkt. Die allerfeinsten Details liegen in den Händen des Labors; er darf nur nichts übersehen. Das Auffinden des Täters oder der Täter ist Aufgabe der ermittelnden Polizeibeamten. Und doch stellt er sich, gerade bei Kinderleichen, die Frage nach dem „Warum?"

Scharf zieht er die Luft ein, er will sich diesem Fall mit besonderer Sorgfalt widmen – er blickt dem kleinen Mädchen ins Gesicht –, „erzähl' mir deine Geschichte", flüstert er.

„Großer Gott! – wer tut so etwas", fragt einer der nebenstehenden Beamten, dem jegliche Farbe aus dem Gesicht gewichen ist.

Der Schädel des Kindes ist bis zur Unkenntlichkeit zertrümmert. Allerdings wirken große Teile ihres Gesichtes fast unversehrt und nahezu grotesk verschoben in einer Masse von Haut, Haaren, geronnenem Blut und Hirn.

„Verdammt! Kannst du nichts richtig machen? Du unfähige fette Kuh!"
„Tausend Mal habe ich dir gesagt, du sollst aufräumen, tausend Mal habe ich dir gesagt, du sollst die Bettlaken glatt ziehen."
„Glatt, ganz glatt".

Krachend schlägt seine Hand auf ihr Gesicht, lässt ihren Jochbeinbogen sofort eine rot-bläuliche Färbung annehmen. Er schleift sie an den Haaren in die Küche, lässt Wasser in die Spüle laufen. Sie weint.

„Habe ich dir nicht auch gesagt, du sollst nicht immer flennen? Du machst mich krank".

„Schau, schau dir das an". Er lässt das Wasser wieder aus der Spüle ab. „Das perlt nicht! Du hast auch die Spüle nicht richtig geputzt."

Ihre Tränen bleiben ihr im Hals stecken. Sie weiß, was jetzt kommt.

Immer noch hält er sie an den Haaren, lässt die Spüle erneut mit Wasser volllaufen, diesmal mit heißem – bis oben hin.
Er taucht ihren Kopf unter – lange –, wieder und wieder.

Ihr Gesicht schmerzt so sehr. Sie bekommt keine Luft. Sie hätte auf ihn hören sollen, sich ihm nicht erneut widersetzen, er meint es ja nur gut mit ihr.

Dies ist das Letzte, was sie denken kann, dann legt sich tiefe, schützende Bewusstlosigkeit um sie.

„Es ist viel los heute!"

Herbert Wolfinger, der ermittelnde Kommissar steht neben Dr. Neuss. An fünf Tischen wird gleichzeitig gearbeitet, das unvergleichliche Geräusch von Knochensägen steht wie eine Bedrohung im Raum. Manche schreien förmlich in ihre Diktiergeräte, um dieses Geräusch zu übertönen.

„Wir haben hier ein circa vierjähriges Mädchen, leicht unterernährt, jedoch nicht verwahrlost."

„Kein sexueller Missbrauch – falls sie mich dies gleich fragen wollen."

„Todeszeitpunkt, wenn wir den geschützten Ort, die Außentemperatur mit einbeziehen – die Totenflecken und den Zustand ihrer Haut, circa zwei Tage".

„Mageninhalt unverdaut. Irgendeine Brühe mit Nudeln und Fleisch und eine rot-braune, undefinierbare Flüssigkeit".

„Gebe die Sachen alle später ins Labor. Todesursache, so weit ich das zum jetzigen Zeitpunkt schon sagen kann – der eindeutig zertrümmerte Schädel. Die Verletzungen wurden ihr jedenfalls nicht post mortem zugefügt; sie ist ihnen relativ rasch erlegen. Zum Leiden hatte sie jedoch noch genug Zeit. Sie hat sowohl Erbrochenes als auch Blut in der Lunge, die Mundhöhle wie die Speiseröhre weisen deutliche Verätzungen auf. Der Schädel ist mehrfach mit einem stumpfen, flachen, sehr schweren Gegenstand traktiert worden, bis er völlig gesplittert ist."

„Ich habe noch keine Ahnung, welche Art von Tatwaffe dies war. Jedenfalls sind der oder die Täter mit eindeutig leidenschaftlicher Gewalt vorgegangen. Die Tatsache, das man ihr Gesicht bzw. das, was davon übrig geblieben ist, gereinigt und mit einer Babycreme eingecremt hat, der Fundort, ihre Kleidung, die Sorgfalt, mit der sie abgelegt und ihr zerstörter Schädel bedeckt wurde – all das lässt auf einen hohen emotionalen Grad beim Täter schließen".

„Sie meinen nahe Verwandtschaft, Freunde?"

„Ich weiß es nicht, ich bin noch nicht so weit und habe auch noch nichts an ihr entdecken können, was mir den Weg zu einem möglichen Täter weisen könnte. Da müssen Sie sich noch gedulden, bis wir die Laborwerte haben, und Sie sehen ja, was hier los ist!"

„Auch brauchen Sie mich nicht zu drängen, der Fall geht mir selber an die Nieren."

„Haben Sie schon herausbekommen, wer das Mädchen ist?"

„Nein, leider auch nicht – ich lasse gerade eine Zeichnung ihres Gesichtes anfertigen. Wir werden wohl diesmal mit der Presse zusammenarbeiten müssen."

„Seien Sie behutsam mit Informationen, Sie wissen, wie die Öffentlichkeit auf tote Kinder reagiert!"

„Vielen Dank für die Info, wie Sie wissen, mache ich meinen Job auch schon ein paar Jahre."

„Beeilen Sie sich, Dr. Neuss! Ich will das Schwein kriegen!"

er 40-Tonner gerät ins Schleudern – er muss wieder Gas geben, um seinen LKW auf der Straße zu halten.

„Verdammt!" Er hat das Ding auf der Fahrbahn zu spät bemerkt, konnte nicht mehr rechtzeitig bremsen und hat es Minimum mit einem Reifen erwischt.

Er bringt seinen LKW auf der Standspur einige hundert Meter entfernt zum Stehen, schaltet die Warnblinkanlage ein. Hans Calva springt aus seinem Fahrerhaus und rennt die leere Straße zurück – bis zu der Stelle, wo er das auf der Fahrbahn liegende Bündel überrollt hat.

Er zittert am ganzen Körper, erbricht sich am Grünstreifen, sein Herz schlägt bis zum Hals. Er rennt zurück, reißt das Funkgerät aus der Halterung, schreit, schreit seinen Namen, schreit seine Position, schreit um Hilfe.
Schreit: „Ich habe einen Menschen überfahren!"
Dann beginnt er fassungslos zu schluchzen.

Ein anderer LKW-Fahrer, der nicht weit von dem Unfallort entfernt ist, hört den Hilferuf, informiert sofort die Polizei, nähert sich vorsichtig der Unfallstelle. Er erkennt etwas auf der Straße Liegendes, sieht auf der Standspur den LKW seines Kollegen stehen. Blockiert mit seinem Fahrzeug beide Spuren. Gott sei Dank ist um diese Uhrzeit kaum bis gar kein Verkehr auf dieser Bundesstraße.

Er greift sechs Fackeln aus einer Metallbox hinter seinem Fahrersitz, verlässt mit einem gekonnten Sprung die Kabine, entzündet die Fackeln und sichert die Unfallstelle.

Ein Blick auf das „Bündel" auf der Fahrbahn – ein Mann –, dem kann man nicht mehr helfen, denkt er und hastet weiter zu dem 40-Tonner seines Kollegen.

„Was mach' ich jetzt mit diesem Calva? Der dreht mir noch durch. Der Mann ist völlig am Ende."

„Ruf' mal in der GMI an, lass' dir unseren Doc geben und frag' ihn, ob er schon irgendetwas sagen kann!"

Bernd Halbig, einer der ermittelnden Beamten in der Unfallsache der Schutzpolizei, schüttelt den Kopf. „Nicht nötig, der ist schon auf dem Weg hierher. Habe gerade einen Anruf gekriegt."

Wenige Minuten später trifft Dr. Neuss ein. An der Tür winkt er bereits ab.

„Sie können den LKW-Fahrer nach Hause schicken, den trifft keine Schuld. Der Mann, den er überrollt hat, war schon tot. Der ist einem Kapitalverbrechen zum Opfer gefallen. Ich geh' gleich weiter zu Ihren Kollegen von der Kripo – spannende Sache."

„Haben Sie was von dem Mädchen?"

„Nein, ich wollte Ihnen nur sagen, dass der Überfahrene nicht durch den LKW-Fahrer zu Tode gekommen ist. Der war schon tot. Offensichtlich ist er mitten auf der Straße abgelegt worden, dort muss ihn irgendein Fahrzeug – wahrscheinlich von der Höhe her ein Geländewagen – bäuchlings mitgeschleift haben. Gesicht und Hände sind völlig zerstört, oder wie wir das so schön sagen, abgeledert, den Torso selbst hat die dicke Lederjacke einigermaßen geschützt, Haut und Muskulatur der Oberschenkel weitestgehend zerstört, der linke Fuß abgetrennt."

„Wie mitgeschleift? Das muss doch einer gemerkt haben?"

„Nicht unbedingt! Zum einen wissen wir nicht, in welcher Verfassung der Fahrer oder die Fahrerin war, zum anderen hat er oder sie vielleicht nur gedacht, dass sich irgendetwas unter dem Auto verkeilt hat oder die Straße besonders uneben ist – und das Rumpeln hat ja auch wieder aufgehört. Wir prüfen das noch mal im Detail mit unseren Experten, aber ich schätze nach Art und Schwere der Verletzungen ein bis zwei Kilometer. 80 km/h sind auf der Straße zulässig. Das hält kein Körper aus! Aber auch schon zum Zeitpunkt des Mitschleifens war der Mann bereits tot. Er ist an multiplen Stichverletzungen gestorben – ich konnte noch 23 nachweisen."

„Und warum erzählen Sie mir das, Dr. Neuss? Ich habe den Fall des toten Mädchens aufzuklären. Mit unserem Erstochenen muss sich ein Kollege beschäftigen."

„Das glaube ich nicht, Wolfinger – der Tote hat den gleichen Mageninhalt wie das Mädchen, da bin ich stutzig geworden und habe noch ein paar Untersuchungen angeordnet. Was glauben Sie, warum ich mir die Mühe mache, direkt zu Ihnen zu kommen. Ich habe die Laborwerte mitgebracht. Sehen Sie selbst! Hier beide DNA Analysen, die Alele stimmen überein. Ihr totes Mädchen ist die Tochter unseres zweiten Opfers."

Akribisch wischt sie den Boden, streicht die geblümte Wachstuchtischdecke glatt und wirft noch einmal einen Blick auf die hochglanzpolierte, aber völlig verkratzte Spüle.

Er würde gleich nach Hause kommen – sicher, wie immer betrunken.

Seit er seine Arbeit bei einer der ortsansässigen Baufirmen verloren hatte, war er noch häufiger betrunken als früher. Das wenige Geld, das sie zur Verfügung hatten, wurde durch seine Trinkgelage mit ehemaligen Kumpels noch geschmälert. Sie hatte verschiedene Putzstellen angenommen, aber nach kürzester Zeit hatte man immer ihre unterschiedlichen Verletzungen bemerkt und dumme Fragen gestellt. Fragen, die sie nicht beantworten wollte und auch nicht konnte. Was hätte sie denn auch sagen sollen – sie trug doch die Schuld an allem. Wäre sie eine saubere, ordentliche und richtige Frau, so wie ihr Mann sich dies wünschte, wäre doch alles in Ordnung. Aber sie war zu tollpatschig, vergaß immer wieder ihre Aufgaben zu erfüllen, machte ihre Arbeit nicht gründlich. Er wollte sie ja nicht schlagen, aber er musste es tun, um sie auf den rechten Weg zu bringen, wie er immer sagte, um aus ihr eine anständige Frau zu machen.
Anständig!

Als sie sich kennenlernten, damals vor fast sieben Jahren auf der Betriebsfeier, hatte sie ihm, nachdem er sie spät abends in einem der leerstehenden Büroräume auf einem Schreibtisch von hinten genommen hatte, ihr Leben erzählt.

Sie hatte sich ihm so nah und vertraut gefühlt, obwohl er nicht gerade zärtlich mit ihr umgegangen war, aber er war der erste anständige Mann in ihrem Leben.

Sie hatte ihm von ihrer Kindheit erzählt und davon, dass sie mit 14 Jahren von zu Hause ausgerissen war. Die kleine Gemeinde, in der sie aufwuchs, ein winziges Dorf im Hunsrück mit 120 Einwohnern, war ihr Gefängnis geworden. Ihr Vater, ein rechtschaffener Bauer mit kleinem Hof, hatte irgendwann begonnen, ihre Mutter zu schlagen. Immer heftiger waren die Auseinandersetzungen zwischen ihren Eltern geworden, und je mehr ihre Mutter an Gewicht zunahm, desto unerträglicher wurden die Auseinandersetzungen. Irgendwann einmal hatte ihr ihre Mutter gesagt, dass sie deswegen immer dicker würde, weil ihr Vater sie dann wenigstens nicht mehr vergewaltigen, sondern nur schlagen würde. Ihr Vater ekelte sich vor dicken Frauen. Die Tage, an denen ihre Mutter so verletzt war, dass sie nicht in der Lage war aufzustehen, häuften sich.

Und eines Tages – sie war gerade 9 Jahre alt – fand sie sie mit aufgeschnittenen Pulsadern in der heimischen Badewanne. Ihre Mutter hatte mit Blut ihren Namen – Marie – an die Fliesen geschrieben und ein Herz daneben gemalt. Die letzte Nachricht – sie würde dieses Bild nie vergessen.

Es waren gerade einmal sechs Wochen nach dem Tod ihrer Mutter vergangen, als ihr Vater das erste Mal in ihr Kinderzimmer kam. Er trug einen alten hölzernen Dreschflegel bei sich, stellte diesen in eine Ecke und gab ihr zu verstehen, dass es ihr genauso wie ihrer Mutter erginge, wenn sie auf die

Idee käme hier rumzuzicken. Sie sei jetzt die Frau im Haus und hätte ihre Pflichten als diese zu erfüllen und an diesem Abend wurde sie zum ersten Mal missbraucht.

Ihr Vater kam fast jede Nacht zu ihr, sie konnte sich noch gut an seinen ekelerregenden Atem, den abgestandenen Bierdunst und alten Schweiß erinnern. Irgendwann ließ er von ihr ab und statt seiner kamen unterschiedliche Männer aus dem Dorf – Väter, mit deren Kindern sie spielte.

Fünf Jahre waren vergangen, als sie an einem Morgen, ihr Vater war auf dem Feld, einen kleinen Koffer packte und per Anhalter aus ihrem Heimatdorf verschwand. Sie war gerade 14 Jahre alt. Sie machte sich älter, ging putzen und räumte in diversen Discountern den Inhalt irgendwelcher Kartons in irgendwelche Regale und versuchte so zu überleben.

Sie lernte Mustafah Memenci kennen, einen Deutsch-Türken, und wurde schwanger von ihm. Als sie es ihm freudig erzählte, schickte er sie weg und bezeichnete sie als Hure. Doch sie freute sich auf das ungeborene Wesen, das erste Mal in ihrem Leben, dass sie etwas für sich haben würde und mit ihrem kindlichen Intellekt teilen könnte. Mehmet wurde ihr ganzer Stolz und war nun im vergangenen Monat 18 Jahre alt geworden. Ein gut aussehender, aufgeweckter junger Mann, ein guter Schüler, der jetzt sogar Abitur machte. Wie unendlich stolz sie auf ihn war.

Ihr Mann mochte ihn nicht besonders, aber er mochte ja auch die kleine gemeinsame Tochter nicht. Doch sie war doch ihr kleines verträumtes Mädchen.

Als ihr Mann sie nach der Geburt der kleinen Anna-Lena immer wieder mit Gewalt zum Sex zwang und sie schlug, dachte sie an ihre Mutter und nahm wie sie immer mehr zu. Es war genauso wie damals bei ihren Eltern, nun vergewaltigte er sie zwar nicht mehr, dafür schlug er sie immer häufiger. Auch schlug er die Kinder. Mehmet hatte er einmal krankenhausreif geschlagen, nachdem dieser versucht hatte, seiner Schwester und ihr zu Hilfe zu kommen. Er bezeichnete sie als Nutte und Kanakenflittchen, als fette und blöde Kuh und vieles mehr.

Aber er hatte ja recht damit, auch jetzt gab sie sich ihren unnützen Tagträumereien und Erinnerungen hin, anstatt sich um den Haushalt zu kümmern und alles in Ordnung zu halten, wie er es so liebte.

Irgendwann, wenn es ihr endlich gelänge einmal alles richtig zu machen, könnte er auch aufhören sie zu schlagen und erkennen, dass sie ihn wirklich und aufrichtig liebte.

Dann wäre alles gut.

Sie musste sich beeilen.

Gleich würde er nach Hause kommen.

Herbert Wolfinger hatte sich eine Flasche Wein entkorkt, behutsam ließ er den südafrikanischen Shiraz in den Dekanter laufen. Er liebte dieses abendliche Zeremoniell, den Moment, in dem er sich erschöpft in sein weiches Sofa gleiten lassen konnte, den Kopf in den Nacken legte und sich ganz der Entspannung und einem guten Tropfen hingab. Hatte er ein Alkoholproblem? Einige seiner Kollegen hatten dies sicher, spülten ihren Stress und die Frustration ungelöster Fälle hinunter – und war es nicht zur Routine geworden, auch ein-, zweimal in der Woche mit den Kollegen abends noch einen trinken zu gehen? Aber er?

Er roch an der leeren Flasche, tief kirschrot schien der Wein durch den Dekanter – ein guter Tropfen. Eine Dusche wäre jetzt genau das Richtige, ja, eine heiße Dusche, dann hätte auch der Wein ausreichend geatmet, um ihn zu genießen.

Auf dem Weg zum Bad suchte er auf seinem iPod die Vierzigste in G-Moll von Mozart. Er liebte dieses Stück, ließ es nun in moderater Lautstärke über die überall in der Wohnung installierten Boxen schallen.

Er betrat das Bad und überlegte sich, ob er sich heute sogar etwas kochen sollte oder lieber beim Italiener um die Ecke eine Pizza oder lieber Pasta bestellen sollte.

Er stieg in die Dusche und drehte den Strahl voll auf, heiß lief ihm das Wasser über den Nacken und die Schultern den Rücken hinunter. Er griff nach dem Duschgel und seifte seinen Körper ein. Es war ein muskulöser Körper, schlank, aber muskulös. Er hatte sich für sein Alter verdammt gut gehalten. 46

Jahre alt war er jetzt und er hatte immer noch einen extrem knackigen Hintern, keinen Bauch und einen beeindruckenden Bizeps – obwohl er nicht viel trainierte. Der einzige Sport, den er wirklich gerne ausübte, war Eishockey – er spielte mittlerweile bei den Amateuren der Frankfurt Lions.

Er war ein Ausnahmepolizist, wenn er sich das recht überlegte, gab es so etwas wie ihn nur in diesen klischierten, unrealistischen Cop-Serien.

Er kam aus gutem Hause, daher konnte er sich auch hier mitten in der Stadt sein Loft mit Skylineblick leisten, seinen Sportwagen und das ein oder andere mehr. Seine Eltern, beides Mediziner, hätten ihn gern in der elterlichen Zunft gesehen, doch er war nach dem ersten Staatsexamen in Jura vom BKA abgeworben worden. Später war er zur Kripo gewechselt, hatte parallel Psychologie studiert, sein Diplom gemacht und war – ja, das war er wirklich – Polizist aus Leidenschaft.

Er schloss die Augen, steckte seinen Kopf unter den Wasserstrahl und wusch sich seine dunklen, langsam grau werdenden, leicht gewellten Haare.
Es ging ihm gut – sehr gut.
Wenn da nur dieser neue Fall nicht wäre, obwohl, er liebte ja die Herausforderung.
Das kleine Mädchen und jetzt auch noch der tote Vater. Wie gehörte dies zusammen? Noch hatte er keine Idee.
Er würde diesen Fall lösen, aber nicht heute. Heute würde er einfach nur den Abend genießen. Als er das Wasser abschaltete, erklang gerade seine Lieblingsstelle, es war der Beginn des dritten Satzes. Mozart musste schon ein scharfer Typ gewesen sein,

wer solche Musik komponiert hatte, war nicht nur musikalisch ein Genie, sondern hatte auch zu leben gewusst.

Er nahm das Handtuch, trocknete sich ab und während er zurück ins Wohnzimmer ging, ließ er es fallen, schenkte sich in einen großen Bordeaux-Kelch etwas Wein ein und legte sich nackt aufs Sofa.

Dr. Albert Neuss sitzt in seinem Büro im obersten Stock des Gerichtsmedizinischen Institutes, kurz GMI, dessen Chef er ist.

Den ganzen Tag hatte es viel zu tun gegeben, selbst hatte er die Obduktion an einem Obdachlosen durchgeführt, bei dem sich rasch eine natürliche Todesursache nachweisen ließ und dann war da noch dieser junge Mann gewesen, ein Suizid. Dabei musste er einmal wieder einer Gruppe Studenten erklären, dass der von manchen immer noch gebrauchte Terminus des Selbstmords einfach falsch sei. Mord war juristisch klar definiert und keine dieser Definitionen traf auf eine Selbsttötung zu. Bei der üblichen Form, dem Freitod, handelte es sich um Menschen, die in ihrem Sein alle einen verzweifelten, ausweglosen Grund dafür hatten, aus dem Leben zu scheiden. Hin und wieder gab es auch eine unfreiwillige Selbsttötung, doch dies war äußerst selten.

Auch dieser 32-jährige Mann heute hatte gleich zwei Todesarten gewählt, um auch besonders sicherzugehen. Er hatte sich ein hauchfeines, 2mm starkes unummanteltes Stahlseil besorgt. Dann war er zum Eisernen Steg gegangen, hatte das Seil dort mithilfe eines Karabiners oberhalb der „Liebesschlösser" – hier hängten Paare Vorhängeschlösser mit ihren Namen und kleinen Liebestexten auf – an einem Ende an der Brüstung befestigt, das andere Ende hatte er sich als Schlinge um den Hals gelegt und war gesprungen. Durch die Beschleunigung seines Körpers im freien Fall hatte er sich nicht nur das Genick gebrochen, sondern das feine Stahlseil hatte ihm den Kopf teils sauber durchschnitten, teils durchrissen und völlig vom Rumpf abgetrennt.

Er fühlte Mitleid mit seinen Suiziden, wie er sie nannte. Eine Gefühlsregung, die er sich eigentlich nicht leisten konnte, weil sie ja zwangsläufig nach dem „Warum" fragen ließ. Und hätte er sich in all den Jahren mit diesen individuellen Schicksalen, mit der Not und Ausweglosigkeit dieser Menschen beschäftigt sowie mit dem Leid der Hinterbliebenen und deren Verzweiflung, er hätte seinen Beruf schon längst an den Nagel hängen müssen.

Er dreht seine Schreibtischlampe ein wenig mehr in Richtung der auf dem Tisch liegenden Unterlagen. Es sind die vollständigen Laborwerte des toten Mädchens und seines Vaters.

Es ist jetzt 21:00 Uhr, früher wäre er nicht fast jeden Abend so lange hier gewesen. Früher! Er hätte es nicht abwarten können nach Hause zu kommen, nach Hause zu seiner Frau. Aber diese Zeiten waren vorbei. Man hatte sich, wie man dies landläufig so schön beschreibt, auseinandergelebt. Ja, ihre Ehe funktionierte mehr oder minder, nur noch für die Außenwelt – aber die fehlenden Gespräche, die Zuneigung und der seit Jahren nicht mehr stattfindende Sex hatten ihn zermürbt.

Er hatte das dringende Bedürfnis, dass in seinem Leben noch mal etwas passieren müsse. Er wollte noch einmal begehrt werden, wollte Schmetterlinge im Bauch fühlen und war bereit, beziehungsmäßig noch einmal ganz von vorne anzufangen. Er war jetzt 52 Jahre alt, ja – er wünschte sich Veränderung, und ja, er wollte noch einmal leben. Vielleicht bedurfte er dieses Gefühls besonders, da er ja den ganzen Tag mit dem Tod zu tun hatte, vielleicht war es auch nur die beginnende Midlifecrisis. Aber egal, es musste sich etwas bei ihm ändern.

Die forensische Anthropologin, die er vor zwei Monaten eingestellt hatte, gefiel ihm gut. Eigentlich genau sein Typ, sie sah großartig aus, war Anfang Vierzig und eine Koryphäe auf ihrem Gebiet.

Er schrickt zusammen, als das Telefon klingelt, und nimmt erst nach dem dritten Klingeln ab.
„Neuss."

„Herbert Wolfinger hier, Herr Dr. Neuss. Dachte mir schon, dass Sie noch im Büro sitzen – wie immer. Sie können auch nie aufhören zu arbeiten, oder? Haben Sie schon was für mich im Fall des Mädchens und ihres Vaters?"

„Guten Abend Herr Oberkommissar. Hab' die Werte auf dem Tisch. Bis ich damit durch bin, wird es sicherlich nach Mitternacht sein. Soll ich mich dann noch mal melden oder ist es Ihnen lieber, wenn ich morgen früh zu Ihnen ins Büro komme?"

„Lassen Sie mal, Neuss. Arbeiten Sie die Laborwerte durch und machen sich dann noch einen schönen Abend. Ich werde das gleiche tun. Wir sehen uns dann morgen um 9:00 Uhr in meinem Büro. Machen Sie's gut!"

„Machen Sie's gut" war nicht eine Abschiedsfloskel gewesen, sondern eine klare Aufforderung. Dieser Wolfinger konnte ihm schon schwer auf die Nerven gehen. Als ob er in dieser Position säße, wenn er es nicht immer besonders gut machen würde! Besonders gut. Dachte dieser Kerl etwa, dass es hier niemanden gäbe, der an seinem Stuhl sägte? Wenn er nur an diesen schmierigen Filbert dachte. Dieser Kerl speichelte sich durchs Leben und war immer ganz dicke mit der Oberstaatsanwaltschaft. Spielte Golf mit Richter Obertacke vom LG und war ja soooo wichtig. Obertacke war auch so einer, der schlief bestimmt immer mit offenem Fenster, um den Ruf des BGHs nicht zu überhören. Dabei war Filbert fachlich eher Schmalspur. Er konnte sich des Eindrucks nicht erwähren, dass dieser bei jeder Leichenöffnung wirkte, als ob er sich ekelte. Eine Eigenschaft, die er nun einmal nicht ertragen konnte, ja, zutiefst ablehnte.

Jeder Tote hatte ihm eine Geschichte zu erzählen und man musste eben auch zuhören.

Zurück zur Arbeit.

Er wollte Klarheit, er hatte es dem kleinen Mädchen versprochen.

Morgen würde er Wolfinger berichten.

Es klingelte an der Tür. Wer konnte das sein? Ihr Mann hatte doch immer den Schlüssel dabei. Wahrscheinlich war er wieder so zu, dass er das Schlüsselloch nicht fand.

Sie versuchte ihren Körper zu straffen, strich die Schürze glatt und eilte zur Tür.
Ein Mann und eine Frau blicken ihr ins Gesicht.
„Frau Göblinski?"

„Mein Name ist Martin Heidenroth von der Kripo Frankfurt und dies ist meine Kollegin Anita Brunner. Können wir kurz mit Ihnen sprechen?"

„Mein Mann mag es nicht, wenn Fremde in die Wohnung kommen, er müsste gleich zurück sein. Wollen Sie nicht lieber mit ihm reden?"

„Frau Göblinski – es geht um Ihren Mann und Ihre Tochter. Lassen Sie uns bitte herein und dies nicht in einem Treppenhaus besprechen."

Maria Göblinski tritt einen Schritt zur Seite, lässt die Beamten ein und schließt leise die Tür.
Alle drei stehen in der winzigen Diele.

„Lassen Sie uns vielleicht ins Wohnzimmer gehen", schlägt die Beamtin vor, „da können wir uns hinsetzen."
„Warum soll ich mich hinsetzen – was ist eigentlich los?"

„Bitte Frau Göblinski, wir haben Ihren Mann gefunden, er ist tot."

„Und", Martin Heidenroth zieht die Zeichnung mit dem Gesicht des kleinen Mädchens aus der Tasche, „und dies, Frau Göblinski, ist dies Ihre kleine Tochter Anna-Lena?"

Maria blickt auf die Zeichnung, blickt auf die beiden Beamten, steht ganz still.

Nach einer schier unerträglichen Zeit des Schweigens fragt sie: „Ist sie auch tot? Ist meine kleine Anna-Lena auch tot?"

„Ja, wir müssen Ihnen bedauerlicherweise mitteilen, dass beide tot aufgefunden wurden."

Ganz leicht beginnen ihre Hände zu zittern, ihr Gesicht bewegt sich keinen Millimeter, dann bittet sie die Beamten ins Wohnzimmer.

Ein Raum, vollgestopft mit Nippes, klein, aber penibel sauber. Da steht ein abgewetztes dunkelgrünes Samtsofa mit Fransen, auf den Armlehnen und auf den Rückenkissen liegen durchsichtige Kunststoffschoner. Der Couchtisch in Eiche rustikal ist mit blau-weiß bemalten Kacheln belegt. Über einem Riss in der Tischplatte ist eine Spitzendecke ausgebreitet. Darauf steht ein messingfarbener Aschenbecher. Eine zum Tisch passende kleine Schrankwand in Eiche rustikal an der gegenüberliegenden Wand, darin ein uralter Fernseher, ebenfalls mit einem Spitzendeckchen bedeckt, darauf eine orangefarbene Plasmalampe. Die wenigen Bücher in dieser Schrankwand sind nach Größe geordnet. Beginnend von links mit dem größten Buch und rechts wieder mit dem größten endend. Ein Foto von Anna-Lena in Öloptik hängt in einem goldfarbenen Plastikrahmen links neben der Schrankwand. Ein Gummibaum auf einem terrakottafarbenen Untersetzer rechts davon. Das Fenster ist klein, milchweiße geraffte Gardinen schützen den Raum vor den Blicken der Nachbarn. Dunkelgrüne Veloursvorhänge, die sicherlich irgendwann einmal in der Farbe zum Sofa passten, sind penibel genau in Bögen um das Fenster drapiert. Auf der Fensterbank steht eine messingfarbene Vase mit drei Kunstrosen in Rot, Rosa und Weiß.

„Möchten Sie etwas trinken?", fragt Maria völlig unbeteiligt, als ob sie noch gar nicht begriffen hätte, was die Beamten ihr soeben mitgeteilt haben.

„Frau Göblinski, wir müssen Sie bitten mitzukommen, um Ihre Tochter zu identifizieren", entgegnet die Beamtin.
„Meinen Sie, dass Sie dazu in der Lage sind?"
Maria nickt, ihr Gesicht ist aschfahl.

Im Gerichtsmedizinischen Institut werden Maria Göblinski zuerst Teile der Kleidung ihres Mannes zur Identifizierung vorgelegt. Danach lässt Dr. Neuss sie einen kurzen Blick – ausschnittsweise – auf das Gesicht von Anna-Lena werfen.

Maria steht, ihr Körper ist kerzengerade, als A-nita Brunner ihr die Puppe vom Fundort ihrer Tochter aushändigt und sie fragt, ob sie diese kenne. Maria spricht kein Wort, beginnt sich leicht hin und her zu wiegen. Ganz leise stimmt sie eine Melodie an, hält die Puppe fest in ihren Händen, drückt sie dann an ihre Brust. Die Melodie wird etwas lauter, das Hin- und Herwiegen, welches anfänglich einer leichten Prise glich, entwickelt sich zum Sturm. Dann blickt Maria in die Runde der Beamten und bricht zusammen. Sie hat das Bewusstsein verloren. Die Puppe hält sie immer noch in einer Hand.

„Guten Tag, Kripo Frankfurt. Wir müssten einen Ihrer Schüler sprechen. Michael Mehmet Brettschneider."

„Wir haben es zwar nicht gerne, wenn unsere Schüler in den Unterrichtszeiten gestört werden, aber für die Kripo." Melinda Rausch, die junge Sekretärin, steht auf, wirft Martin Heidenroth einen bedeutungsvollen Blick zu und schiebt sich an Anita Brunner vorbei. Diese lächelt leicht amüsiert und flüstert ihrem Kollegen beim Verlassen des Sekretariats zu: „Na, auf die machst du ja wohl Eindruck!"

Martin blickt über die Schulter Anita an und zwinkert ihr zu.

„Mir kann halt keine widerstehen."

Vor der Tür des Physiksaales bleiben alle drei stehen. Melinda Rausch betritt alleine den Raum und bittet Mike – wie ihn hier alle nennen – vor die Tür.

„Dies ist Mike Brettschneider – ich geh' dann mal wieder – sollten Sie noch irgendetwas benötigen, Herr ...?"

„Heidenroth – Martin Heidenroth."

„Ja", sie errötet leicht, „ bin ich jederzeit für Sie da!"

„Schön zu wissen", entgegnet Martin, „komme gerne darauf zurück."

Anita Brunner verdreht die Augen, seit zwei Jahren sind Martin und sie ein Team. Wenn immer auch nur ein einigermaßen attraktives weibliches Wesen in der Nähe ist, geschehen, wie gerade, die gleichen Abläufe. Sie selbst könnte man als hübsch bezeichnen, aber ihre Wirkung auf das männliche Geschlecht wäre im Gegensatz zu Martin auf einer Skala von eins bis zehn höchstens bei zwei.

„Herr Brettschneider, wir sind gekommen, um Ihnen mitzuteilen, dass wir Ihren Vater Herrn Karl Göblinski und Ihre Schwester Anna-Lena tot aufgefunden haben. Ihre Mutter ist derzeit im Krankenhaus und wird medizinisch betreut. Wir wollten Sie zu ihr bringen und Ihnen auf dem Weg gleich einige Fragen stellen."
Mike schaut die Beamten an. Er scheint sichtlich irritiert.
„Sie meinen meinen Stiefvater Kalle. Ist nicht mein leiblicher Vater. Sie sagen, er und meine kleine Stiefschwester."
„Wo? Und Wann? – und was ist mit meiner Mutter geschehen?"
„Kommen Sie, Mike", Anita Brunner legt leicht den Arm um den Schüler und schiebt ihn die Treppe hinunter aus dem Gebäude. „Wir sprechen auf der Fahrt darüber."

Es ist kurz nach 9:00 Uhr, als Albert Neuss das Büro von Herbert Wolfinger betritt.

„Guten Morgen, Doktor! Einen Kaffee für Sie? Der ist echt gut, hab' mir 'ne eigene Maschine von zu Hause mitgebracht, krieg' von dem herkömmlichen Filterkaffee Magenschmerzen."

Neuss nickt.

„Mögen Sie's lieber kurz und kräftig, normal mild oder sanft und lang?"

Bei diesen Worten strahlt er übers ganze Gesicht und hat plötzlich etwas unglaublich Jungenhaftes.

„Ich meine natürlich immer noch den Kaffee, Neuss."

„Sanft und lang", entgegnet dieser und strahlt fast ebenso sehr.

Dieser Wolfinger hatte einen sehr unterschiedlichen Ruf, manche bewunderten ihn bedingungslos, andere hielten ihn für überheblich und arrogant. Eines war jedoch Bewunderern wie Gegnern eigen, sie hielten ihn für besonders fähig und zollten ihm Respekt. Er hatte, seit Wolfinger hier die Leitung übernommen hatte, noch nicht viel mit ihm zu tun gehabt. Eigentlich fühlte er sich ab und an von ihm genervt, aber jetzt? Ja, er fand ihn doch irgendwie sympathisch, sie begegneten sich auf Augenhöhe.

„Was haben Sie für mich, Dr. Neuss?"

„Wie ich Ihnen schon gesagt habe, ist das Opfer Karl Göblinski durch multiple Messerstiche gestorben. 23 an der Zahl, wobei zwei davon absolut tödlich waren. Einer direkt in die linke Herzkammer, der andere hat die Vena pulmonalis, also die Lungenvene durchtrennt. Nur diese beiden Stichverletzungen waren entsprechend tief und absolut tödlich, an den anderen wäre er nicht gestorben, höchstens wenn man mit der Versorgung lange genug gewartet hätte, wäre er daran verblutet. Das einzig Auffallende ist, dass die Stiche sowohl mit links als auch mit rechts ausgeführt wurden. Ich denke, dass der relativ ungeübte Täter sich rasch erschöpft hat, unter Umständen sogar selbst verletzt und deswegen die Hand gewechselt hat.

Auf jeden Fall ist er bereits tot auf der Straße abgelegt worden, mit dem Gesicht nach unten. Zu einem nicht exakt bestimmbaren Zeitpunkt hat dann ein Geländewagen ihn unter dem Auto ca. 2 km mitgeschleift. Dabei hat sich, wie wir an der Kleidung feststellen konnten, seine Lederjacke erst unter dem Fahrzeug an irgendetwas verhakt, um dann eben nach besagter Distanz der Belastung nicht mehr standzuhalten und auszureißen. Der Fahrer des PKW muss dies noch nicht einmal bemerkt haben, da hat es im Fahrzeug höchstens ein bisschen geruckelt. Das haben wir diese Woche mit einem Range Rover und einem toten Schwein noch mal simuliert."

„Hat sich Göblinski gewehrt?"

„Abwehrspuren sind nicht mehr erkennbar. Sie haben selbst gesehen, in welchem Zustand die völlig ungeschützten Hände und Unterarme waren. Wir sprechen hier von Décollement beziehungsweise einer völligen Ablederung, wie ich es Ihnen im Revier bereits geschildert habe.

Ebenfalls sind die Oberschenkel und Knie erheblich in Mitleidenschaft gezogen worden, der abgetrennte linke Fuß ist auch bisher nicht gefunden worden, wahrscheinlich Tierfraß. Unterblutungen, Abschürfungen durch Fesseln oder Ähnliches kann man da nicht mehr erkennen. Die 40 Tonnen des LKW haben dann im unteren Beckenbereich mit multiplen Brüchen und Quetschungen ihren Rest getan."

„Fest steht, dass Göblinski und seine Tochter relativ kurz nach dem Verzehr der Suppe gestorben sind. Maximal eine Stunde danach. Und fest steht auch, obwohl wir ja keine Tatwaffe haben, dass das Messer, mit dem er erstochen wurde, eine Klingenlänge von 16 cm hatte und eine Schneidenbreite von ca. 3 cm.

Das kleine Mädchen ist, wie ich Ihnen bereits anfangs sagte, leicht unterernährt. Es liegt kein sexueller Missbrauch vor. Ihr Tod ist durch Zertrümmern des Schädels eingetreten. Wobei es zuerst zu einer sogenannten Impressionsverletzung kam. Der Schädel eines kleinen Kindes ist noch sehr weich und daher sind durch die Gewalteinwirkung erst einmal die Schädelplatten in Bewegung geraten, daher wirkt ihr Gesicht auch so verschoben. Schließlich aber war die Gewalteinwirkung doch so groß, dass die gesamte hintere Deckenplatte geborsten ist. Im Unterkieferbereich hat sie leichte Unterblutungen, was darauf hinweist, dass sie mit an Sicherheit grenzender Wahrscheinlichkeit mit Gewalt gezwungen wurde, den Mund zu öffnen und diese braune Substanz zu sich zu nehmen. Raten Sie mal, was das ist!"

„Keine Ahnung, Sie werden es mir aber sicher gleich sagen.“

„Es ist Tabascosoße! Das Kind wurde gezwungen, diese Chilisoße zu trinken, bevor man ihr den Schädel zerschmettert hat.“

„Danke, dass Sie sich die Zeit nehmen, mit uns zu sprechen, Herr Düma."

„Selbstverständlich, ich habe ja bereits, wie jeder hier, in der Zeitung über die Tragödie gelesen. Wenn ich irgendetwas weiß, was Ihnen weiterhelfen kann?"

„Herr Düma, Karl Göblinski war bis vor knapp einem Jahr in Ihrem Betrieb beschäftigt, dann ist er entlassen worden. Vielleicht können Sie uns den Grund dafür nennen?"

„Kalle war ein guter Mitarbeiter, da kann man nichts sagen, der konnte richtig anpacken. Sein Problem war jedoch zusehends der Alkohol und die Zeiten, in denen auf dem Bau schon früh morgens gesoffen wird, sind nun einmal vorüber. Hinzu kam, dass er ein massives Ausländerproblem hat und als mein neuer Polier, ein Türke, ihn wegen des Trinkens zur Rede stellte, ist er ausgeflippt."

„In welcher Form?"

„Kalle hat sich eine Nagelpistole gegriffen und ist auf ihn losgegangen. So etwas kann ich nicht dulden! Da habe ich ihm am gleichen Tag noch fristlos gekündigt."

„Haben Sie oder der bedrohte Mitarbeiter Anzeige erstattet?"

„Nein, weder noch, für mich war die Sache erledigt, und um ehrlich zu sein, mit dem Kalle wollte sich auch keiner anlegen, da schwang schon eine gehörige Portion Angst mit. Man könnte ihn als extrem jähzornig und unberechenbar beschreiben und auch ich will so einen Typen nicht wirklich zum

Feind haben. Er hat von mir sogar noch eine ordentliche Abfindung bekommen, das war's."

„Da Ihre Mitarbeiter nun zum Feierabend hier auf dem Betriebsgelände eintreffen, haben Sie ja sicher nichts dagegen, wenn wir sie auch noch kurz befragen."

„Nein, selbstverständlich nicht, bitte machen Sie nur, und wenn ich Ihnen noch irgendwie behilflich sein kann, jederzeit!"
„Vielen Dank, Herr Düma, das war es erst einmal."

Martin Heidenroth und seine Kollegin verlassen das Büro von Düma Bau und gehen über den Innenhof zu den zurückkehrenden Arbeitern.

Die Befragung dort zeichnet ein ähnliches Bild des Karl Göblinski wie bereits von seinem ehemaligen Chef skizziert. Er wird als aufbrausend, fremdenfeindlich und gewalttätig, ganz besonders unter Alkoholeinfluss, beschrieben. Jedoch ist den meisten der ehemaligen Kollegen die stetige Einladung zu Trinkgelagen in der einschlägigen Stadtviertelkneipe auch nicht allzu unangenehm gewesen. Zum Freund wollte ihn jedoch niemand haben.

Auf die Frage, ob ihn und seine Familie jemand näher gekannt hätte, antwortet nur einer der Arbeiter, das er vor circa zwei Jahren mal kurz bei ihm zu Hause gewesen sei, weil er auf dem Bau seine Jacke vergessen habe und er eh bei ihm vorbeigefahren wäre. Es sei ungewöhnlich ordentlich bei ihm zu Hause gewesen und seine Frau hätte der ganz schön im Griff. Die würde auf Blickkontakt spuren. Mehr könne er auch nicht sagen.

Als Martin Heidenroth und Anita Brunner zu ihrem Fahrzeug zurückgehen, beginnen sie laut über das Gehörte nachzudenken.

„Was meinst du, Nita? Der Typ war ja nicht gerade beliebt. Der hat doch wahrscheinlich mehr als einen Feind?"

„Ich weiß nicht, reicht das aus, um ihn mit so vielen Messerstichen zu töten und ihn dann auch noch auf der Straße abzulegen, da schwingt doch Leidenschaft mit, und warum dann auch noch das Kind?"

„Na, die war halt zum falschen Zeitpunkt am falschen Ort und musste verschwinden, weil sie das Verbrechen mit angesehen hat."

„Unsinn, das ist keine amerikanische Krimiserie, sondern Frankfurter Kriporealität", entgegnet Anita. „Ich glaube da steckt viel mehr dahinter, ich hab' da so ein Gefühl."

Herbert Wolfinger reißt die Tür zu seinem Büro auf.

„Ich will mein gesamtes Team in einer Stunde im Besprechungszimmer sehen!"
Dann knallt er die Tür wieder zu.

Er geht unruhig in seinem Zimmer auf und ab. Er will Informationen, er ist noch keinen Schritt weitergekommen. Es macht ihn wahnsinnig, keine vernünftigen Anhaltspunkte zu haben, mit denen er beginnen kann, sich ein Bild des Tathergangs zu machen.

Er greift zum Telefonhörer und ruft den Arzt an, welcher Maria Göblinski stationär aufgenommen hat. Die Antwort ist vernichtend, Frau Göblinski sei nach wie vor nicht ansprechbar, sie leide offensichtlich unter einer besonders schweren Form eines PTSD, dies sei ein sogenanntes „Posttraumatic stress disorder" oder im Klartext eine posttraumatische Belastungsstörung. Wolfinger wirft gereizt ein, dass er wisse, was das sei, er hätte ja schließlich sein Diplom in Psychologie. Man würde sich heute noch mit dem Chef der Abteilung beraten, sei aber sicher, dass es besser sei, Frau Göblinski in eine Psychiatrische Klinik zu überweisen, da sie überwacht werden müsse und man ihr in einem normalen Klinikbetrieb nicht helfen könne.

Herbert Wolfinger drückt die Gabel des Telefons herunter, hier kommt er im Moment also auch nicht weiter und ruft Albert Neuss an. Es meldet sich niemand. Nach unendlich langer Klingelphase schaltet sich ein Anrufbeantworter ein und er bittet Neuss um zeitnahen Rückruf.

In diesem Moment trifft sein Ermittlungsteam ein. Man begibt sich ins Besprechungszimmer, wo riesige Pinboards stehen. Eines ist bereits mit den bisher bekannten Daten und sämtlichen Fotos der toten Anna-Lena bestückt, ein anderes in gleicher Art mit denen des Karl Göblinski.

„Lasst uns gleich zur Sache kommen", leitet Herbert Wolfinger die Diskussionsrunde ein. „Was habt ihr bisher rausbekommen?"

Martin Heidenroth und Anita Brunner berichten von der Befragung bei der Firma Düma Bau und kommen dann auf das Gespräch mit Mike Brettschneider. Dieser Mike ist ein guter Schüler, hat die Sache mit seinem Stiefvater sehr gefasst aufgenommen, der Tod seiner kleinen Schwester geht ihm jedoch sehr nahe und er macht sich natürlich Sorgen um seine Mutter. „Habt ihr ihn zu den eventuellen häuslichen Übergriffen befragt?", will Wolfinger wissen.

„Nein, wir haben ja erst mit Mike und dann mit den ehemaligen Arbeitskollegen gesprochen."

„Dann tut das, aber zügig! Was ist mit dem leiblichen Vater von diesem Mike, wer ist das, gibt es da Informationen, was hatte dieser für ein Verhältnis zu seinem Sohn und wo kommt die Mutter eigentlich her, gibt es irgendwelche Angehörigen? Ich will das komplette Programm!"

„Die Mutter ist bis dato nicht vernehmungsfähig. Haben wir irgendetwas aus der Bevölkerung, jemand muss doch gesehen haben, wie der Göblinski und sein Kind aus dem Haus gegangen sind, oder später etwas bemerkt haben. Die waren ja beide nicht unsichtbar!"

Martin Heidenroth wirft ein, dass ihm der Junge erzählt habe, der Stiefvater wollte die eigenen Eltern mit der Kleinen besuchen – in Bad Vilbel. Da man nicht im Besitz eines eigenen PKWs sei, hätte er normalerweise öffentliche Verkehrsmittel benutzt, sei aber auch manchmal per Anhalter unterwegs gewesen."

„Na, das ist ja prima, da haben wir ja was. Okay, Martin, du befragst noch einmal seine Kollegen. Klapperst die Haltestellen ab, bittest über die Presse die Bevölkerung noch einmal um Mithilfe, und du, Anita, befragst alle Bewohner in dem Mietshaus, wo die Göblinskis wohnen. Die Verwandten teilt ihr euch auf. Ich gehe in die Schule und spreche mit den Lehrern von diesem Mike. Es muss irgendwo einen Anhaltspunkt geben!"
„War die Kleine in einem Kindergarten?"

„Das haben wir bereits überprüft", entgegnet A-nita, „bisher war sie es nicht."

„Macht euch an die Arbeit, morgen um 9:00 Uhr wieder hier im Besprechungszimmer. Viel Erfolg!"

ls Anita Brunner die Straße entlang fährt, überlegt sie, wie man sich hier draußen in völliger Abgeschiedenheit wohlfühlen kann. Landschaftlich hat der Hunsrück schon seinen Reiz, doch ihr, als ewiges Stadtkind, ist so viel Natur fast unheimlich. Jetzt im Spätsommer, wo die Tage bereits kürzer werden und die Blätter der unzähligen Bäume sich beginnen zu färben, hat die Szenerie etwas Verträumtes. Doch wie ist wohl das Leben hier? Um in eine größere Stadt zu kommen, muss man unendlich weit fahren, und wer hier draußen wohnt, hat schon einiges auf sich zu nehmen, um morgens zur Arbeit zu kommen. Viele sind offensichtlich genau aus diesen Gründen abgewandert, obwohl Grundstück und Haus in einer Gegend wie dieser wesentlich günstiger zu erwerben und daher sicher für junge Familien besonders interessant sind. Aber die Ortschaften, durch die sie bisher gekommen ist, haben eher etwas Tristes und Bedrückendes und die Bevölkerung scheint mehrheitlich alt. Eine wunderschöne Allee führt nun schnurgerade in das Dorf, in dem Maria Göblinski, frühere Brettschneider, gelebt hat. Es ist ein winziges Dorf mit 120 Einwohnern, daran hat sich, so das zuständige Einwohnermeldeamt, in den letzten 21 Jahren auch nichts geändert. Natürlich hat es Sterbefälle gegeben und es wurden auch einige Kinder geboren, sodass die Bevölkerungszahl hier praktisch identisch geblieben ist. Zu den Sterbefällen gehört auch Marias Vater, der vor vier Jahren bei einem Unfall ums Leben kam. Da sie nicht weiß, wo sie eigentlich mit der Befragung beginnen soll, hat sie das Pfarrhaus angesteuert und sich bereits auf der Fahrt via Funk angemeldet, denn in einer so winzigen Gemeinde weiß der Pfarrer doch bestimmt alles über seine Schäfchen.

Sie klingelt – und nach geraumer Zeit öffnet ihr ein relativ kleiner Mann, der durch seine gebückte Haltung noch kleiner wirkt.

„Pfarrer Gaus? Mein Name ist Anita Brunner, wir haben telefoniert, ich bin von der Kripo Frankfurt."

Anita wird hereingebeten und in einem kleinen Wohnzimmer eines alten, aber sehr gepflegten Fachwerkhauses erhält sie von der Haushälterin des Pfarrers einen Tee und ein Stück selbst gebackenen Kuchen.

Das Gespräch dauert eine Stunde und als Anita wieder nach Hause fährt, dämmert es bereits und erster Nebel zieht auf. Dieser Tag hier draußen hat sie tief beeindruckt, das Leben der Leute, die unglaubliche Verschlossenheit, ja fast physisch spürbare Antipathie gegen einen scheinbaren Eindringling, ist eine besondere Erfahrung gewesen. Viel hat sie nicht erfahren, obwohl der Pfarrer sich noch an Maria hat erinnern können und natürlich an ihren Vater. Auch die ehemalige Nachbarin der Brettschneiders hat zwar viel geredet, aber wenig zu sagen gewusst.

Sie hat ein feines Gespür für Menschen und irgendetwas stimmt hier nicht, aber dies hat offensichtlich weniger mit dem Fall an sich zu tun, hin und wieder wird sie von Martin dafür sogar belächelt, wenn er meint, sie solle lieber ihren Verstand als ihren Bauch benutzen. Aber auf den kann sie sich relativ gut verlassen und ihr Chef Herbert Wolfinger hat ihr kürzlich sogar in einem Vier-Augen-Gespräch gesagt, dass er ihre Art der Ermittlungsarbeit sehr schätze. Es hat sie sehr stolz gemacht, Wolfinger ist ein netter Typ, er fordert viel von seinen Mitarbeitern, bringt aber auch selbst viel ein und arbeitet mit Verbissenheit und Können an seinen Fällen, er kann jedenfalls die höchste Aufklärungsrate verzeichnen und auch er, so hat er ihr zumindest in diesem Gespräch gesagt, vertraue oft auf seine Intuition.

Außerdem sieht er verdammt gut aus, nicht dass sie sich irgendwie Hoffnungen machen würde, aber es ist natürlich angenehmer mit einem gut aussehenden und charmanten Chef zusammenzuarbeiten als mit irgendeinem Kotzbrocken. Wolfingers Vorgänger war so einer gewesen, relativ klein und untersetzt hatte er die letzten Jahre vor seiner Pensionierung mehr oder minder abgesessen und war dabei natürlich immer weniger erfolgreich. Durch genau diesen fehlenden Erfolg und die Tatsache der näher rückenden Pensionierung und der Ungewissheit der persönlichen Lebensgestaltung war die Frustration immer größer geworden und dies hatte er auch an seinen Kollegen auszulassen gewusst. So war jeder froh, als er ging. Wolfinger hat da schon frischen, guten Wind in die Abteilung gebracht. Er hat seine ganz eigene Vorgehensweise bei Ermittlungen, setzt sich oft über Regeln hinweg, bleibt aber immer korrekt und hat es geschafft, dass man gerne zur Arbeit kommt. Sie stehen alle geschlossen hinter ihm und das ist eine Atmosphäre, in der man nun mal gerne arbeitet. Ganz gefangen von ihren heutigen Eindrücken und Gedanken erschrickt Anita fast, als sie jetzt wieder in die Nähe Frankfurts kommt und das hektische Leben spürt.

Nun ist Frankfurt nicht die In-Stadt. Nicht wie München oder gar Berlin. Hier ist auch abends nicht so viel los und doch hat sich die Stadt in den letzten Jahren auch mit kulturellem Angebot rausgeputzt. Der einzige Nachteil: Die Stadt ist verhältnismäßig teuer, es ist nun mal das Finanzzentrum Deutschlands mit einem internationalen Flughafen und dem teuren Taunus vor der Tür, da werden die Preise gemacht. Orte wie Königstein, Kronberg und Bad Homburg vereinen dicht beieinander die meisten Millionäre Deutschlands. Dennoch lebt sie gerne hier, auch wenn sie von ihrem Gehalt nicht die größten Sprünge machen kann. Von ihrem bereits verstorbenen Vater hat sie ein kleines Häuschen mit winzigem Garten in Praunheim geerbt. Ihre Mutter ist nach seinem Tod mit einer kleinen Lebensrente ausgestattet zu ihrer Schwester nach Detroit in Amerika gezogen. Sie ist dort offensichtlich sehr glücklich und ihr Verhältnis ist trotz der Entfernung gut und herzlich geblieben. Einmal im Jahr besuchen sie einander und sie freut sich jedes Mal sehr darauf.

Sie ist angekommen, schließt die Tür zu ihrem Häuschen auf, schaltet das Licht ein. Ihr Kater begrüßt sie in seiner ganz eigenen Art mit einem lauten Maunzgesang, was auch gleichzeitig bedeutet, dass er hungrig ist. Nachdem sie ihren „Pelzi" versorgt hat, stellt sie sich ein Fertiggericht in die Mikrowelle und bereitet sich eine Kanne Tee. Sie kocht nicht gerne, kann dies eigentlich auch nicht richtig, und für wen auch? Außer dem Kater wartet keiner auf sie, wenn sie nach Hause kommt. Natürlich hatte sie den einen oder anderen Freund, aber das hielt nie lange. Entweder kam man mit ihrer Schichtarbeit nicht klar oder mit ihrer Arbeit als solcher nicht. Für die meisten Männer ist es irgendwie immer noch suspekt, eine Waffe tragende Freundin zu haben, die gut trainiert und in mehreren Kampfsportarten ausgebildet ist. Und ein Kollege kommt nun einfach nicht infrage. Irgendwie hat sie sich auch an ein Leben alleine gewöhnt und findet es recht angenehm. Manchmal, wenn sie frei hat und die Zeit über sich selber nachzudenken, vermisst sie natürlich einen Menschen, mit dem sie ihre Gedanken teilen kann, der sie mal zärtlich in den Arm nähme, um ihr einfach zu sagen, dass es schön sei, das es sie gäbe. Aber erzwingen kann man so etwas ja nicht, und würde dieser Mensch dann auch zum richtigen Zeitpunkt so fühlen wie sie? Ungelegte Eier! Auf dem Weg in den ersten Stock legt Anita ihre Kleider ab und wirft sie in die Ecke, nach einem ausgiebigen gemütlichen Schaumbad hüllt sie sich in ihren kuscheligen Morgenmantel, und während sich Pelzi, ein 12,5 kg schwerer Bengalkater, schnurrend an sie schmiegt, genießt sie den Tee und lässt noch einmal den Tag Revue passieren. Ihr Essen ist in der Mikrowelle zwischenzeitlich wieder erkaltet, sie lässt es, wo es ist, und genießt die Nacht.

pät am gestrigen Abend hatte sich Albert
Neuss noch bei ihm gemeldet und sie hatten
sich für heute in der Frankfurter Innenstadt
zum Abendessen verabredet. Er hatte ebenfalls die
neue zuständige Staatsanwältin zu diesem Essen
gebeten. So etwas war in der Regel zwar nicht gerade üblich, aber auch nicht völlig ausgeschlossen.
Beide hatten zugesagt und so erhoffte er sich von
diesem Abend die Meinung zweier Profis zum Stand
der Ermittlungen.

Er hatte ein Restaurant gewählt, an welches ein
Club angeschlossen war. Er aß hier sehr gerne und
mochte die Atmosphäre. Albert Neuss war pünkt-
lich, die Staatsanwältin glänzte durch Abwesenheit.
Nachdem beide geraume Zeit gewartet hatten, ent-
schieden sie sich, zu bestellen.

Albert Neuss wählte als Vorspeise einen gemisch-
ten Salat mit Walnüssen, getrockneten Cranberries
und Ziegenkäse, Herbert Wolfinger rohen Thunfisch
mit einem Wasabischaum. Zum Hauptgang ent-
schieden sich beide für ein Filet vom Rind mit einer
Schokoladen-Chili-Soße, dazu grünen Spargel und
ein Kartoffelgratin von Süßkartoffeln. Während des
Essens sprachen sie über den Fall.

„Sagen Sie mal, Dr. Neuss, Sie haben sich doch sicher Gedanken gemacht, die über den rein medizi-
nisch-wissenschaftlichen Teil hinausgehen?"

„Sie wissen, Herr Wolfinger, dass meine Zunft so
wenig wie die Ihre von Spekulationen lebt. Aber ja,
ich habe mir meine Gedanken gemacht."

„Und?"

„Zwei gezielte Stiche haben Karl Göblinski getötet, einundzwanzig andere Stiche wurden mit unterschiedlicher Intensität ausgeführt. Interessant ist dabei, wie ich Ihnen schon sagte, dass der Stichkanal bei den zwei tödlichen Verletzungen einmal von unten nach oben, also von rechts unten nach links oben, und dann noch einmal von rechts oben nach links unten erfolgt ist, sodass wir mit eindeutiger Sicherheit für die ersten beiden Stiche sagen können, dass der Täter Rechtshänder ist und ungefähr die gleiche Größe wie das Opfer hat, sonst hätte es die Verletzung von oben nach unten nicht gegeben, also um die einsachtzig. Die restlichen Stiche, und hier muss auch aufgrund des Schweregrades der Stiche bedacht werden, dass das Opfer bereits zu Boden gestürzt war, wurden fast senkrecht und von oben nach unten ausgeführt. Der Täter war offensichtlich emotional hoch motiviert und ist definitiv kein Profi. Sie wissen, dass sich ein solcher mit einer Stichfolge in dieser Größenordnung nicht unnötig erschöpfen und seine Energie verschwenden würde und genau wüsste, dass die beiden ersten Stiche bereits ausgereicht hätten, um einen Menschen sicher zu töten. Hier spielt eindeutig aufgestaute Wut eine große Rolle und gegen die Theorie des Profis sprechen auch die unterschiedliche Stichfolge und -tiefe. Karl Göblinski ist nicht vielleicht gefesselt im Sitzen zu Tode gekommen, sondern definitiv im Stehen. Das spricht ein wenig gegen Ihre Theorie der Entführung. Im Übrigen ist ja bei einem Mann wie Göblinski nichts zu holen gewesen. Gut, das müssen der oder die Täter nicht gewusst haben, es kann sich ja auch einfach um einen Racheakt gehandelt haben. Die unterschiedliche Stichfolge und -tiefe könnten jedoch auch von zwei Tätern stammen."

„Aber doch mit der gleichen Waffe, oder?"

„Ja, das kann ich definitiv bestätigen, es wurden nicht unterschiedliche Messer benutzt."

„Hat Ihr Labor eine Tatwaffe, eines der gängigen auf dem Markt befindlichen Messer, benennen können?"

„Wir wissen jedenfalls, dass es sich bei der Tatwaffe weder um ein Klapp- noch um ein Jagdmesser gehandelt haben kann. Wir vermuten ein gängiges Haushaltsmesser."

„Das ist in der Tat interessant, Herr Dr. Neuss. Habe ich das auch richtig verstanden, dass laut Ihrer Beschreibung der Stichfolge Göblinski von vorne erstochen wurde und dann auf den Rücken gefallen ist, sodass die übrigen Stiche auch von vorne ausgeführt wurden?"

„Ja, das sehen Sie völlig korrekt."

„Noch einen Kaffee für die Herren, ein Dessert?"

„Nein, vielen Dank", antwortet Dr.Neuss"

„Für mich gerne noch einen doppelten Espresso mit einem Schuss geschäumter Milch", antwortet Herbert Wolfinger, „heute kein Dessert, obwohl die bei Ihnen ja immer köstlich sind."

„Ach übrigens – ich heiße Herbert."

Herbert Wolfinger hebt sein Glas, indem sich noch ein kleiner Rest des 2006er Mendoza Malbec befindet, ein Duft von dunklen Beeren, feinen Röstaromen und einem Hauch milder Würze steigt ihm dabei erneut in die Nase, er schaut Dr. Neuss an, dieser tut es ihm gleich.

„Albert."

„Freut mich, Albert."

„Was ist mit dem Kind, Albert?"

In diesem Moment betritt die neue Staatsanwältin das Restaurant und wird unverzüglich zum Tisch der beiden begleitet.

„Guten Abend, die Herren – ich muss mich entschuldigen, es tut mir wirklich furchtbar leid, dass ich Sie so lange habe warten lassen. Als ich von zu Hause los wollte, bekam ich einen Anruf vom sechzehnten Revier. Eine Jugendliche ist tot in einer der Bahnhofstoiletten aufgefunden worden. Als ich dann weiter wollte, bemerkte ich, dass ich die Adresse dieses Restaurants hier zu Hause hatte liegen lassen, und da ich mich in Frankfurt ja noch nicht so gut auskenne, musste ich noch einmal zurück, um dann jetzt, wie Sie sehen, endlich hier zu sein."

„Wir dachten, Sie kommen gar nicht und sind jetzt mit dem Essen auch schon fertig", antwortete Albert Neuss.

„Wie schade, aber das hatte ich mir fast gedacht, bin ja fast zwei Stunden zu spät."

Herbert Wolfinger steht auf und rückt der Staatsanwältin den Stuhl zurecht. „Setzen Sie sich erst einmal, ein Glas Wein für sie?"

„Danke, aber das würde in einem Desaster enden, habe den ganzen Tag noch nichts gegessen."

„Das macht nichts, Sie bestellen sich erst einmal etwas zu essen und ich leiste Ihnen bei einer weiteren Flasche Wein Gesellschaft."

Dr. Neuss hingegen verabschiedet sich mit der Begründung, er werde zu Hause erwartet.

Während Dr. Sabrina Schreiber die Speisekarte studiert, wird sie von Herbert Wolfinger intensiv beobachtet.

Er hat sie bisher nur zweimal kurz gesehen und ist von ihrer Erscheinung und ihrer Art begeistert. Sie ist groß und sehr schlank, aber nicht dürr, trägt ihre mittelbraunen langen Haare heute offen, ist dezent geschminkt und klassisch in guter Qualität gekleidet. Sie ist auf eine ganz besondere Art intensiv, selbst, wenn sie, wie jetzt gerade, nicht spricht, ist sie am Tisch, ja, im ganzen Raum präsent, ihre grünen Augen leuchten und geben ihm ein unglaublich vertrautes Gefühl.

Als sie nach eineinhalb Stunden das Restaurant verlassen, haben sie über unendlich vieles, nur nicht über den Fall gesprochen.

Herbert Wolfinger begleitet sie noch ins Parkhaus. Eigentlich möchte er nicht, dass dieser Abend jetzt endet. Als Sabrina Schreiber ihn daran erinnert, dass sie ja eigentlich über seinen neuen Fall sprechen wollten und ihm vorschlägt, sich erneut zu sehen, stimmt er dieser Idee mit Freude zu.

„Ich ruf' Sie morgen im Büro an, Herr Wolfinger, dann können wir etwas ausmachen. Ist das für Sie okay?"

„Sehr gerne", entgegnet Herbert Wolfinger, „ich muss Sie auch noch etwas fragen."

„Was denn, kann ich Ihnen das gleich beantworten?"

Herbert Wolfinger lächelt leicht. „Nein, beim nächsten Mal."

Sie lächeln sich beide an, dann steigt sie ins Auto und fährt davon. Als der Kommissar das Parkhaus

verlässt, um nach Hause zu laufen, denkt er die ganze Zeit über diesen Abend nach, es geht ihm wunderbar, er hat sich seit Langem nicht mehr so gut
gefühlt. Wenn sie sich wiedersehen, wird er die
neue Staatsanwältin fragen – bei dem Gedanken
huscht ein erwartungsvolles Lächeln über sein Gesicht –, ob sie auch beim Küssen spricht.

Martin Heidenroth hatte mit seiner Kollegin die Aufgabenverteilung getauscht, und während Anita auf dem Weg ins Hunsrück ist, befragt er die Anwohner in der Elisabethenstraße, dort, wo die Familie Göblinski seit nunmehr drei Jahren lebt.

Das Bild, welches sich vor seinen Augen abzeichnet, ist nicht neu, doch macht es ihn immer wieder betroffen. Er ist jetzt seit nunmehr elf Jahren bei der Kripo, hat auch schon eindeutig Schlimmeres gesehen, doch nicht nur die Wohnqualität bedrückt ihn, sondern die Art, in der Menschen in dieser Lebensumgebung abstumpfen. Vor zwanzig Jahren war dieses Mietshaus mit seinem gepflasterten Innenhof und dem großen Klettergerüst sicher eine gute Idee gewesen. Doch offensichtlich hatte sich seit dem Bau niemand mehr um den Erhalt gekümmert. Die Pflastersteine fehlen an vielen Stellen und man muss, um zur Eingangstür zu gelangen, fast im Zickzack laufen. Das Klettergerüst ist völlig verrostet, teilweise demontiert und stellt weniger eine Spielgelegenheit als eine echte Gefahr dar. Überall liegt Müll herum, vor allem leere Flaschen und Dosen, aber auch Verpackungsmüll unterschiedlicher Fastfoodketten. Die mannigfachen Essensgerüche vermischen sich in diesem Innenhof mit dem Gestank von Urin und Kot. Diese Gerüche verstärken sich noch, als er das Haus mit seinen vierzig Mietparteien betritt. Der PVC-Belag ist an vielen Stellen lose und aufgewölbt, die Briefkästen stellenweise aufgebrochen und notdürftig zugeklebt oder repariert. Überall stehen Kinderwagen, große blaue Müllsäcke, unzählige Schuhe,

Regale, vollgestopft mit Dingen, die auch hier niemand mehr haben will und braucht, herum.

Er beginnt, wie es seine Art ist, von außen nach innen. Das bedeutet in diesem Fall, er beginnt mit seiner Befragung bei den Mietern, die am weitesten von der Wohnung der Göblinskis entfernt leben, und arbeitet sich dann in den engeren Nachbarschaftskreis vor. Bei Befragungen hilft ihm immer wieder sein gutes Aussehen und seine charmante Art, was besonders bei allen weiblichen Wesen gut ankommt, aber auch Männern vermittelt er durch seine lockere kumpelhafte Art das Gefühl, es nicht unbedingt mit einem Polizisten zu tun zu haben. Etwas, was Anita ja gerne mit verdrehten Augen kommentiert, aber ihm schon viele Informationen geliefert hat, an die er sonst nicht so schnell gelangt wäre. Ja, zugeben – hin und wieder hat sich da auch schon ein privates Treffen ergeben, aber niemals in einer laufenden Ermittlung und nie mit Tatverdächtigen oder unmittelbaren Zeugen.

Gestern Abend hatte er sich mit Melinda Rausch getroffen, der Gymnasial- Sekretärin, dies war keine Absicht gewesen, sie waren sich zufällig in einem der derzeit angesagtesten Clubs der Stadt begegnet, hatten bis in die späte Nacht hinein getanzt und waren dann zu Melinda nach Hause gegangen. Bis zum Schlafzimmer waren sie nicht gekommen, denn direkt hinter der Wohnungstür hatte er ihr den ohnedies nicht allzu langen Rock hochgeschoben, seine Hose geöffnet, ihren winzigen Slip beiseite geschoben und war, sie an die Wand drückend, mit seiner harten, großen Pracht tief in sie eingedrungen. Dies schien genau die Art von Sex zu sein, die

Melinda haben wollte, denn sie konnte gar nicht genug von ihm bekommen und ihre über den BH geschobene üppige Oberweite und ihre nasse Höhle ließen ihn lange standfest sein. Ein wohliger Schauer durchzieht ihn bei diesem Gedanken.

Seit einem Dreivierteltag befragt er nun die Mieter und erhält, falls überhaupt Aussagen über die Göblinskis gefällt werden, immer wieder gleiche Inhalte. Karl Göblinski wird als jähzornig und äußerst ausländerfeindlich beschrieben, keiner hätte sich jedoch wirklich mit ihm anlegen wollen, da er sehr kräftig gewesen und meistens mit einem Schlagring und einem Messer bewaffnet gewesen sei.

Seine Frau Maria sei sehr nett, aber extrem wortkarg und offensichtlich völlig eingeschüchtert, man hätte auch immer wieder lautstarke Streitigkeiten mit angehört, dies sei hier aber keine Seltenheit und auch keiner weiteren Beachtung würdig gewesen.

Mike sei hochnäsig und wolle hier mit allen nichts zu tun haben, er glaube wohl, etwas Besseres zu sein, weil er auf ein Gymnasium ginge. Er sei jedoch trotz besagter Arroganz sehr hilfsbereit und würde den Frauen hier im Haus immer helfen, die Einkäufe und Wäschekörbe in die Wohnungen zu schleppen.

Die kleine Anna-Lena sei ein sehr liebes, aufgewecktes Kind. Ihr Tod geht den meisten der Bewohner hier doch sehr an die Nieren. Aber grundsätzlich gelte hier die Devise, jeder solle sich um seinen eigenen Krempel kümmern und nicht die Nase in die Angelegenheit anderer stecken.

Martin Heidenroth fährt zurück ins Präsidium, um seinen Bericht über den heutigen Tag zu schreiben. Seine Gedanken kreisen um den Fall, immer wieder versucht er sich die Situation der Familie Göblinski in diesem Haus vorzustellen, das Desinteresse der Nachbarn, den gewalttätigen Vater, Maria Göblinski, die ja kein Wort mehr spricht und Mike. Er versucht sich vorzustellen, wie Vater und Tochter das Haus verlassen haben, von niemandem bemerkt – was in diesem Umfeld nichts Ungewöhnliches ist. Aber auch auf den Aufruf an die Bevölkerung gab es nicht wirklich sachdienliche Hinweise und die Befragung von Göblinskis Eltern hatte auch nicht wirklich etwas gebracht. Es hatte zwar das Bild der Familie verdichtet, aber keine Hinweise auf die letzten Stunden der beiden gegeben.

Damit hatte er am Morgen begonnen, war nach Bad Vilbel gefahren und hatte Gerlinde und Heinz Göblinski befragt. Die wussten nichts von einem Besuch ihres Sohnes mit dem Enkelkind – nein, er hätte sich weder angemeldet noch sei er in letzter Zeit vorbeigekommen. Die Besuche seien auch seltener geworden, seit ihr Sohn kein Auto mehr hätte. Er habe sich aber nicht immer angemeldet und hätte gewusst, dass er jederzeit zu Hause willkommen gewesen sei. Die kleine Anna-Lena ist ein liebes Mädchen und nicht so einfältig wie ihre Mutter. Heinz Göblinski hatte sich nur mürrisch über seine Schwiegertochter geäußert.

„Die ist fett und doof und hat sich von so einem Kanaken schwängern lassen. Den Mehmet wollen wir hier nicht sehen, da reden ja die Nachbarn nicht mehr mit uns und ich kann mich im Schützenverein nicht mehr blicken lassen, was für eine Schande, dass unser guter Karl an so eine geraten musste. Der hat doch etwas Besseres verdient. Wir haben ihm das ja auch immer wieder gesagt."

„Heinz, lass das doch", hatte Gerlinde versucht, die Familienverhältnisse zu beschönigen, worauf Göblinski aggressiv reagiert und seiner Frau gesagt hatte, ob sie ihm jetzt etwa Vorschriften machen wolle, er wäre ein ordentlicher deutscher Staatsbürger, der seine Steuern bezahlen würde und sich von seiner Frau nicht den Mund verbieten ließe. Darauf hatte Gerlinde Göblinski das Wohnzimmer verlassen und sich in der Küche zu schaffen gemacht. Heinz Göblinski hatte in gleichem Stil weitererzählt, sich ausgiebig über das ganze „Ausländerpack" ausgelassen und über seine Sicht des deutschen ordentlichen Bürgers im eigenen Land, aber dabei nichts zur Ermittlung beizutragen gewusst. Er war jedenfalls davon überzeugt, dass sein Sohn nur wegen seiner schlampigen Schwiegertochter seine Arbeit bei der Düma verloren hatte, denn wahrscheinlich hätte sein Chef herausgefunden, dass er ein Türkenbalg bei sich zu Hause durchfütterte, und dies könne ja kein anständiger deutscher Chef in seinem Unternehmen dulden.

So war Martin mehr oder minder unverrichteter Dinge weiter in die Elisabethenstraße gefahren und hatte seine Ermittlungen dort fortgesetzt.
Als er jetzt über den Tag reflektierte, beschlichen ihn Ekel und Fassungslosigkeit. Die Aussagen der heute Befragten verdichteten sich zu einem Bild von

Scham, Abscheu, Fremdenhass und Gewalt sowie unendlicher Dummheit und Ignoranz.

Martin Heidenroth unterbrach das flüssige Tippen seines Berichtes in den Computer und starrte an die ihm gegenüberliegende Wand.

Wie ein Film schienen Fetzen des Lebens der Göblinskis an seinem inneren Auge vorbeizulaufen. Er sah das Gesicht der verzweifelten Maria Göblinski, als sie vor seinen Augen mit der Puppe des Kindes in den Armen zusammengebrochen war. Was für einen unvorstellbaren Leidensweg musste sie gegangen sein – verachtet und offensichtlich vom Ehemann misshandelt, von den Schwiegereltern verabscheut und völlig ignoriert, hatte sie isoliert in ihrer Mietwohnung gelebt. Karl Göblinski, ein gewalttätiger Fremdenhasser, der sich zusehends im Alkohol ersäuft hatte. Mike, für den das Leben in dieser Familie die Hölle gewesen sein musste, und dennoch wollte er offensichtlich mit aller Macht aus seinem Umfeld entfliehen und war eben nicht der klassische Ausländerjunge aus schlechtem sozialem Umfeld, dem es nicht gelang, sich freizuschwimmen und der bereits mit Vierzehn mehrfach aktenkundig geworden war. Seine Erkundigungen über ihn hatten ein sauberes Bild gezeichnet und dieser Junge war von nichts mehr als von Ehrgeiz getrieben, sich über Bildung und Erfolg aus seinem Umfeld zu befeien. Dabei war sein Charakter von extremer Zurückhaltung und Höflichkeit geprägt. Die kleine Anna-Lena war eben ein vierjähriges Kind gewesen, über deren Leben er noch nicht viel in Erfahrung gebracht hatte, was auch schwer war, da sie offensichtlich mit der Mutter isoliert in der Wohnung gelebt hatte.

Er blickte wieder auf die Computertastatur und schrieb seinen Bericht zu Ende.

Mal sehen, was Nita morgen von ihrem Ausflug ins Hunsrück zu berichten hat.

Er schaut auf die Uhr, es ist mittlerweile 21:15 Uhr, irgendwie ist ihm elend – er überlegt, ob er in seine Stammkneipe geht und sich ein paar Bier genehmigt, dann greift er zum Telefon.

Als er Melindas Stimme hört, durchläuft ihn erneut ein warmer Schauer. Nach einem kurzen Gespräch weiß er, wie er seinen Abend verbringen wird.

Herbert Wolfinger hatte die Nacht über unruhig und daher schlecht geschlafen und war gereizt, da er es nicht gewohnt ist, dass seine Ermittlungen so schleppend verlaufen.

Er öffnet die Tür zu seinem Büro, greift einige Unterlagen und geht über den frisch renovierten und noch nach Farbe und irgendeinem Lösungsmittel riechenden Gang ins Besprechungszimmer, in dem seine beiden Mitarbeiter an diesem Morgen bereits warten.

Anita berichtet von ihrer Befragung des Pfarrers und den ehemaligen Nachbarn der Brettschneiders. Maria hatte mit neun Jahren ihre Mutter bei einem Haushaltsunfall verloren und war mit Vierzehn von zu Hause weggelaufen, sie wurde als undankbares Kind beschrieben, welches nach dem Tod der Mutter den immer gut für sie sorgenden Vater im Stich gelassen hätte. Ihr Vater, Josef Brettschneider, war vor einigen Jahren mit seinem Traktor beim Rückwärtsfahren aus seiner Hofeinfahrt von einem Sattelschlepper erfasst worden und zu Tode gekommen, er sei ein gebrochener Mann gewesen und nie über den Tod seiner Frau sowie über Marias "Flucht" hinweggekommen. Es gibt aus der Familie Brettschneider keine weiteren lebenden Verwandten, nur Maria und ihren Sohn. Mikes leiblicher Vater sei nicht bekannt. Maria hätte hier bei der Ausstellung der Geburtsurkunde ihres Sohnes keine Angaben gemacht.

Martin folgt seiner Kollegin mit seinem Bericht und ergänzt, dass es keine verwertbaren Informationen aus der Bevölkerung und ebenfalls keine weiteren verwertbaren Spuren aus dem ursprünglichen Arbeitsumfeld von Karl Göblinski gäbe. Die Überprüfung seiner Stammtischbrüder hätte auch keine heiße Spur gebracht.

Herbert Wolfinger hört sich schweigend den Bericht seiner Kollegen an. Nachdem sie geendet haben, bleibt er stumm und regungslos in seinem Stuhl sitzen.

Nach einer Weile steht er auf – bedankt sich für die Informationen, schickt Anita Brunner in die Psychiatrische Klinik zu Maria Göblinski, in der Hoffnung, nun eventuell von ihr oder den Ärzten Informationen zu erhalten, und bittet Martin noch einmal unter Umständen sachdienliche Hinweise aus der Bevölkerung zu prüfen.

Dann verlässt er den Raum.

Er fährt in die Schule, er will mit Mikes Klassenlehrerin sprechen.

Er will mit Mike sprechen.

Nachdem Herbert Wolfinger die Tür zu seiner Wohnung geöffnet und seine schwarze Lederjacke abgelegt hat, geht er direkt in die Küche, gießt sich ein großes Glas Coke Zero ein, nimmt eine aufgeschnittene Zitrone aus dem Kühlschrank, wirft sie ins Glas, dann geht er mit Mikes gesamten Deutschheften der Klassen 11, 12 und 13, welche ihm die Klassenlehrerin ausgehändigt hat, und die er nach wie vor, seit er seinen Wagen verlassen hat, im Arm hält, ins Wohnzimmer, schaltet das Licht ein und setzt sich auf sein Sofa.

Heute wird er keinen Alkohol trinken, er will einen klaren Kopf behalten.

Anita hatte ihm am Nachmittag telefonisch mitgeteilt, dass Maria Göblinski immer noch nicht sprechen würde, sie sei offensichtlich schwersttraumatisiert und würde nur dann eine Regung in Form merkwürdiger Laute von sich geben, wenn man versuchte, ihr die Puppe Anna-Lenas abzunehmen, die offensichtlich aufgrund des Materials und Alters einmal ihre eigene gewesen sei.

Hier war zum jetzigen Zeitpunkt nichts zu machen.

Herbert Wolfinger legt den Stapel an Heften, chronologisch von Frau Gebhardt, der Lehrerin, geordnet, neben sich.

Er denkt an das heutige Gespräch mit Mikes Klassenlehrerin und an das von ihr gezeichnete Bild über ihren Schüler.

Mike ist offensichtlich ein sehr guter Schüler, schreibt ganzheitlich gute Noten und ist im Fach

Deutsch besonders herausragend. Er besitzt ein feines Gespür für Sprache, kann sich gewählt ausdrücken und schreibt, wenn es um freie Themen geht, wortgewaltig und emotional. Er verfasst kleine Gedichte und Aphorismen, die auch schon in der Schülerzeitung veröffentlicht wurden.

Seine Mitschüler schätzen ihn und er wird von allen Mike genannt, weil niemand in ihm den Türkenjungen sieht, der Ausländeranteil hier an der Schule sei sehr gering, Mike hätte sich von der Realschule selbst fürs Gymnasium qualifiziert und auch allerbeste Referenzen seiner bisherigen Lehrer vorgelegt. Auch an der Schule, die Mike vorher besucht habe, wäre er ein unauffälliges Kind gewesen, hätte sich aus Konflikten immer herausgehalten, und wenn in Erscheinung tretend, dann als Schlichter, niemals als Aggressor.

Die Eltern seien anfangs von ihr einmal zu Gesprächen eingeladen worden, jedoch nie erschienen. Daher habe sie ihre positive Meinung über Mike gerne unter seine Arbeiten geschrieben, um auf diesem Wege den Eltern ihre Begeisterung über deren Sohn mitzuteilen. Sie habe aber auch hierauf nie eine Reaktion erhalten.

Mike sei, was sein privates Umfeld anbelange, sehr verschwiegen gewesen und wenn, hätte er nur hin und wieder von seiner kleinen Schwester erzählt. Es hätte für sie keinen Grund gegeben, sich mit den Familienverhältnissen näher auseinanderzusetzen, da Mike ja unauffällig gewesen sei.

So hatte Herbert Wolfinger die Schule verlassen, ohne mit Mike zu sprechen und den restlichen Tag damit verbracht, Mikes Lebensweg nachzugehen. Dies war wörtlich zu sehen und so war der Abend rasch gekommen.

Nun war er zu Hause und war in Mikes Leben geschlüpft.
Er öffnete das erste Heft und las.

Mike war heute Morgen nicht zur Schule gegangen. Er war verzweifelt, die Leere in ihm schien ihn zu erdrücken. Es hatte ihn keine Sekunde länger in der Wohnung gehalten, und so war er früh am Morgen aufgebrochen und lief schier ziellos durch die Stadt.

So viele Gedanken, so viele ungeordnete Gedanken – alles drehte sich in seinem Kopf. Er hatte gestern Abend versucht, genau diese ungeordneten Gedanken niederzuschreiben und ihnen somit eine Form zu verleihen, aber es war ihm nicht gelungen. Alles was ihm bisher nur so zugeflogen war, schien verschwunden, hatte sich ihm entzogen, auf eine Weise, die ihn schaudern ließ.

Er schaut auf die Uhr – es ist weit nach Mittag und würde er jetzt befragt werden, was er den Morgen über gemacht hätte, er könnte die Frage nicht beantworten.

Er holt sich einen Burger, irgendwie wird ihm bewusst, dass er seit mehreren Tagen nichts mehr gegessen hat, er läuft hinunter zum Main, setzt sich auf eine Bank und verschlingt gierig sein Menü.

Es ist ihm übel. Jetzt nach dem Burger sogar physisch. Zu schnell hat er das Essen in sich hineingeschlungen nach all den Tagen, in denen er ja gar nichts gegessen hat.

Er stößt heftig auf, hat Magenkrämpfe, steht von der Bank auf und versucht ein paar Schritte am Ufer entlangzulaufen. Dann erbricht er in einem hohen Schwall das eben Gegessene und sieht seinen Mageninhalt auf der Wasseroberfläche des Mains davontreiben. Aber wie er so auf das Erbrochene blickt, hat er das Gefühl, dass gerade noch viel mehr von ihm als nur sein Mageninhalt davontreibt.

Er lässt sich ins Gras sinken, hält die Hände vors Gesicht, beginnt zu weinen, dann zu schluchzen, er zittert, er kann nicht mehr, er will nicht mehr.

Menschen laufen an ihm vorüber, schauen ihn an, reden offensichtlich über ihn, aber niemand kommt und fragt, fragt, ob er ihm helfen könne.

Und? Kann und könnte man ihm denn überhaupt helfen – noch helfen?

Lange sitzt er so, die Tränen scheinen versiegt an diesem mittlerweile späten Nachmittag.

Erneut schaut er auf die Uhr. Er steht auf, beginnt zu rennen, erreicht gerade noch die S-Bahn und fährt in die Heinrich-Hoffmannstraße in die Psychiatrische Klinik der Universität Frankfurt, in der seine Mutter untergebracht ist.

Er will sie sehen, er braucht sie jetzt.

Herbert Wolfinger hatte heute Nacht nicht eine Sekunde geschlafen. Er fühlt sich zerschlagen, die vier Liter Cola und unzählige Espressi haben nicht wirklich geholfen und beim Blick in den Spiegel mit grauem, unrasiertem Gesicht und zerwühlten Haaren, schrickt er fast selbst vor sich zurück.

Er springt unter die Dusche – beendet das Ganze mit einem Schwall eiskalten Wassers und schlüpft in seine Jeans und ein frisches schwarzes Markenpolo. Mit einer weiteren großen, verschließbaren Tasse voll mit Milchkaffee gefüllt verlässt er die Wohnung, steigt in sein Auto und fährt ins Präsidium.

Den Stapel an Heften legt er auf seinen Schreibtisch und ruft Anita sowie Martin in sein Büro.
Anita erscheint, Martin ist noch nicht eingetroffen.
Herbert Wolfinger reicht seiner Kollegin ein aufgeschlagenes Heft und bittet sie zu lesen.
Nach einer Weile blickt sie auf, sie scheint ergriffen. „Das ist wunderschön."
„Ja, das ist es – Mike Brettschneider hat das geschrieben. Es ist eines von unzähligen Gedichten, die er geschrieben hat und die haben fast alle die gleiche hohe Qualität", antwortet er.

„Aber mal abgesehen davon, dass dieser Junge
eine echte, große Begabung hat, lies noch einmal
genau nach."

Anita kommt der Aufforderung ihres Chefs so-
gleich nach, dann blickt sie ihn neugierig an.

„Du meinst doch nicht etwa?"

„Doch, Anita – meine ich."

„Karl Göblinski ist nach seinem Tod auf einer
Straße abgelegt worden, „Asphalt – Angstasphalt",
und die kleine Anna-Lena war an einer Stelle unter
einen Baum gebettet, wo sich besonders viel weiches Moos befand."

„Herbert, mein Gott, dass kann doch Zufall sein."

„Ich glaube nicht, dieser Mike ist zwar offensichtlich ein Vorzeigeknabe, hochbegabt, hilfsbereit und
so weiter, wir kennen ja die Aussagen. Aber der
Junge muss doch zu Hause die Hölle erlebt haben.
Seine Mutter, völlig unterdrückt vom Stiefvater und
offensichtlich immer wieder misshandelt, ebenso
wie seine kleine Schwester, und der Stiefvater ein
Ausländerfeind par excellence."

„Ich will ja noch gar nicht so weit gehen, ihn irgendetwas zu beschuldigen, aber wir sollten uns
diesen Mike dringend genauer ansehen. Er weiß
definitiv mehr, als er bis dato gesagt hat."

„Ist Martin mittlerweile eingetroffen?", fragt Herbert Wolfinger bei kurzem Blick aus der Tür seine
Sekretärin.

„Nein, bisher hab' ich ihn nicht gesehen."

„Okay, sagen Sie ihm, wenn er kommt, dass ich
mit Anita ins Dreikönigsgymnasium zu Mike Brettschneider gefahren bin. Er soll bis zu unserer Rück-
kehr ins Präsidium auf jeden Fall hierbleiben und

Mike Brettschneider sicherheitshalber auf die Fahndungsliste setzen lassen."

Herbert Wolfinger verlässt gemeinsam mit Anita sein Büro, steigt in seinen Dienstwagen und fährt eilig davon.

Wenig später betritt ein circa 1,83 m großer, gut aussehender junger Mann die Polizeidienststelle und erkundigt sich nach Herbert Wolfinger.

Er fährt in den vierten Stock, steigt aus, hält sich nach links, wie man es ihm beschrieben hat, und geht einen hell erleuchteten, offensichtlich gerade frisch gestrichenen Gang entlang.

Er nimmt vor dem Zimmer 416 Platz und wartet eine Weile, dann klopft er. Nichts. Erneut wartet er einen Moment und nachdem sich auf der anderen Seite der Tür nichts regt, verlässt er das Gebäude.

Melinda Rausch, die an diesem Morgen mehr als übernächtigt wirkt, lächelt verlegen, als Herbert Wolfinger und seine Kollegin das Sekretariat betreten.

„Guten Morgen", sagt Herbert Wolfinger, „Frau Rausch, wir müssten noch einmal mit Mike Brettschneider sprechen, bitte holen Sie ihn doch zu uns."

Melinda Rausch steht auf, antwortet mit „gerne doch" und eilt nickend aus dem Raum.

Es vergehen geschlagene 18 Minuten, bis eine völlig außer Atem scheinende Sekretärin zurückkehrt und achselzuckend verkündet, sie habe Mike Brettschneider nicht gefunden.

„Ich habe ihn überall gesucht und zum Schluss war ich im Lehrerzimmer und habe die Kollegen gefragt, ob ihn irgendwer gesehen hat, man ist sich dort ziemlich einig, dass Mike heute nicht zum Unterricht erschienen ist und auch gestern wohl nicht da war."

„Das ist bedauerlich", entgegnet Herbert Wolfinger. „Sollte er hier auftauchen, sagen Sie ihm bitte, dass er sich unverzüglich bei mir melden möge. Meine Karte haben Sie ja noch, oder?"

„Selbstverständlich, Herr Kommissar, die liegt hier auf meinem Schreibtisch. Ist denn irgendetwas mit Mike?", kommt eine neugierige Nachfrage

„Nein, nein, nur Routinefragen, Frau Rausch – vielen Dank."

Herbert Wolfinger und Anita Brunner wenden sich zum Gehen.

Nachdem auch in der Elisabethenstraße niemand die Tür öffnet und auch bei zweimaligem Abfahren der Straße, an der Karl Göblinski abgelegt wurde, Mike nicht aufzufinden ist, fährt Herbert Wolfinger seine Kollegin ins Präsidium zurück.

Er steigt aus, geht jedoch nicht ins Gebäude, sondern über den Parkplatz zu seinem Privatwagen, steigt ein, schaltet den Motor an, betätigt die Dachöffnungsautomatik und fährt davon. Während er den Hof verlässt, ruft er Anita noch zu, sie möge sich auf jeden Fall um die Fahndung nach Mike kümmern.

Anitas Antwort und die Frage, wo er jetzt hinwolle, gehen im Motorengeräusch unter.

Er weiß jetzt, wo er Mike findet.

Kerzengerade am Baum lehnend, blickt Mike ihm ins Gesicht.

„Ich habe mir gedacht, Herr Wolfinger, dass Sie hierher kommen würden, nachdem ich Sie in Ihrem Büro nicht angetroffen habe."

„Wie, du – ich darf doch Du sagen, oder? – warst im Präsidium?"

„Ja, ich wollte mit Ihnen sprechen, aber nun sind Sie mir ja zuvorgekommen."

„Niemand hat mir ausgerichtet, dass du nach mir gesucht hast, das tut mir leid."

„Es hat mich niemand wirklich beachtet und auch nicht gefragt, was ich wollte, da bin ich wieder gegangen."

Herbert Wolfinger lässt sich neben Mike nieder, genau darauf bedacht, sich nicht auf die Stelle zu setzen, an der Anna-Lena gefunden wurde.

Nun blicken beide auf den leeren Fundort und auf die Stelle, welche völlig mit weichem Sternmoos bedeckt ist.

„Dies ist eigentlich ein wunderschöner Platz hier im Stadtwald; etwas abgelegen, aber vielleicht gerade deswegen so schön."

„Ich war hier oft mit meiner Schwester, sie hat diesen Ort so sehr geliebt."

Herbert Wolfinger zuckt zusammen, hoffentlich hat Mike dies nicht bemerkt, er will hier kein Verhör führen, hatte dies bis zu dessen Äußerung eben auch nicht geplant.

„Wollen wir hierbleiben, Mike, oder wollen wir lieber ein bisschen durch die Gegend fahren, ich bin mit meinem Privatwagen hier, sodass es eine ganz normale, entspannte Fahrt wäre und vielleicht können wir ja irgendwo einkehren? Du siehst aus, als ob du was zu essen gebrauchen könntest – ich übrigens auch.“

Herbert Wolfinger blickt Mike auffordernd von der Seite an.

„Komm, lass uns gehen!“

Langsam steht Mike auf, er wirkt trotz seiner Größe und relativ kräftigen Statur unendlich zerbrechlich in diesem Moment.

„Ich hab's schon mal versucht mit dem Essen, konnte es allerdings nicht lange bei mir behalten.“

„Wir werden schon 'ne Kleinigkeit finden, die dir bekommt und auch erst mal was zu trinken für dich besorgen.“

Herbert Wolfinger denkt nach und wenn das hier noch so lange dauern sollte, er will heute alles von Mike erfahren, er will es außerhalb eines Polizeigebäudes und schon gar nicht in einem offiziellen Verhör erfahren. Es ist seine Art der Vorgehensweise – er wird sich diese nie von jemandem nehmen lassen. Mike ist ein guter Typ, er ist weder gewalttätig noch besteht Fluchtgefahr.

Es liegt kein Haftbefehl gegen ihn vor und alles, was sie hier machen, ist Reden.

Einfach nur Reden.

Sie fahren eine Strecke aus Frankfurt heraus und Herbert Wolfinger lenkt sein Auto in Richtung Gut Neuhof. Hier weiß er, dass er einen ruhigen und abgeschiedenen Tisch bekommen kann und man sicher bereit ist, Mike eine verträgliche Mahlzeit zuzubereiten. Er ist als guter Kunde bekannt, denn stets, wenn seine Eltern ihn besuchen kommen, geht er gerne mit ihnen hier essen und anschließend spazieren.

Als sie die Straße verlassen und über den feinen Kies rollen, legt Mike den Kopf in den Nacken, schaut in den Himmel und sagt: „Schickes Auto haben Sie da – 98-iger Baujahr, oder?"

„Ja, genau! Kennst du dich mit Autos aus?"

„Nicht wirklich, aber so ein Jaguar XKR ist ja schon 'ne auffällige Sache."

„Verdient man bei der Polizei so gut?"

Herbert Wolfinger beginnt herzhaft zu lachen. „Nein, nicht wirklich."

Nachdem sie Platz genommen und bestellt haben, blickt Herbert Wolfinger Mike an.

„Möchtest du mir erzählen, was geschehen ist?"

„Haben Sie so viel Zeit? Denn wenn ich es Ihnen erzähle, möchte ich alles erzählen."

„Ich habe so viel Zeit, Mike, und wenn nötig, noch mehr."

Er mag diesen Jungen, er mag seine ganze Art, die Art, wie er schreibt, die Art, wie er mit ihm spricht, ihm stets klar und aufrichtig in die Augen schaut. Augen, die tiefdunkelbraun und unendlich traurig sind.

„Vor sechs Tagen ist mein Stiefvater mal wieder ausgeflippt. Er hatte sich wie meistens erst kurz vor dem Mittagessen aus dem Bett geschält und maulte meine Mutter wieder an, was sie doch für eine widerliche, fette Schlampe sei. Irgendetwas passte ihm wieder nicht, keiner konnte es ihm recht machen, keiner. Meine Mutter hat das für uns immer ertragen, sie ist eine wunderbare, tapfere Frau. Ich erzähl' Ihnen später noch mehr von ihr, wenn es Sie interessiert.

Na ja, jedenfalls hing irgendwie ein Handtuch im Bad schief und da hat er sich wieder drüber unendlich hochgepusht. Meine Mutter hat sich wie immer tausendfach entschuldigt und dann hat er ihr eine geknallt, weil sie seiner Auffassung nach nicht schnell genug das Handtuch gerade aufgehängt hat. Meine kleine Schwester hat, wie so häufig, zugesehen, als er sie wieder schlug. Aber weder meine

Schwester noch meine Mutter haben dann auch nur einen einzigen Laut von sich gegeben. Sie hatten beide Angst – furchtbare Angst. Mein Stiefvater war ja an diesem Tag und zu dieser Zeit noch nüchtern. Sie hätten ihn mal erleben müssen, wenn er gesoffen hatte.

Na ja, meine Mutter ist dann schweigend mit Anna-Lena in die Küche gegangen und hat das Essen vorbereitet. Es gab Hühnersuppe mit Nudeln. Anna-Lena hat den Tisch gedeckt, das hat sie immer sehr gerne gemacht, und meistens, wenn die Jahreszeit danach war, hat sie immer darauf bestanden, ihre selbst gepflückten Blümchen auf den Tisch zu stellen. Meine Schwester war ein wundervolles und sehr, sehr liebes Kind.

Mein Stiefvater hat sie im Verhältnis zu meiner Mutter und mir auch nur selten geschlagen. Am Anfang, als sie ganz klein war, überhaupt nicht. Da war sie immer seine Prinzessin und er hat, wenn er abends von der Arbeit nach Hause kam, sogar mit ihr gespielt. Dann hat er seinen Job verloren und immer mehr getrunken und wenn Anna-Lena dann mit ihm spielen wollte oder ihn, wie er sagte, nervte, hat er zugeschlagen. Nie so heftig wie bei meiner Mutter oder mir, aber doch heftig genug, um sie zum Schweigen zu bringen und sie nicht mehr lachen zu lassen.

Mich hat er vor Jahren mal krankenhausreif geschlagen und mir mehrere Rippen gebrochen. Meine Mutter hat damals erzählt, ich sei von einem Klettergerüst gestürzt. Richtig interessiert hat das niemanden.

Na ja, das wissen Sie vielleicht noch nicht, Herr Wolfinger, aber ich habe vor drei Jahren mit dem Boxtraining begonnen, nicht weil ich Boxen so toll finde, sondern weil dieser Sport mir Respekt verschaffen konnte. Seit dieser Zeit hat sich mein Stiefvater dann auch nicht mehr getraut, mich anzugreifen.

Aber zurück.

Anna-Lena hatte den Tisch fertig gedeckt, natürlich mithilfe meiner Mutter. Wir setzten uns und meine Mutter stellte eine große gefüllte Suppenschüssel auf den Tisch. Sie füllte jedem mit der Kelle reichlich in den Teller und als meine kleine Schwester ihr dabei helfen wollte, schwappte sie die Hälfte einer Kelle auf die geblümte Wachstuchtischdecke.

Mein Stiefvater sprang auf, schrie Anna-Lena an, sie wäre schon genauso dämlich wie ihre fette Mutter und schlug ihr einmal auf den Kopf. Anna-Lena hatte sich furchtbar erschreckt und begann zu weinen, wollte zu meiner Mutter. Mein Stiefvater riss sie jedoch zurück, hielt ihr Gesicht fest, schob ihr eine Flasche Tabasco in den Mund und zwang sie, diese auszutrinken. Meine Mutter wollte eingreifen, aber auch sie schlug er, mit der Faust direkt ins Gesicht, sodass sie stumm auf ihren Stuhl zurücksank.

Anna-Lena erbrach kurz darauf die gesamte Tabascosoße und schrie dabei ganz fürchterlich vor Schmerz.

Mein Stiefvater ist dann völlig ausgeflippt, er hat so rumgebrüllt, dass man gar nicht mehr verstehen konnte, was er sagte, zog meine kleine Schwester an den Haaren durch die Küche zum Herd, hob die gusseiserne Platte an, steckte ihren Kopf dazwischen und schlug mit ungeheurer Wucht die Platte nach unten, ein-, zweimal, ich kann mich nicht erinnern.

Dann war es totenstill, nur das Schnaufen meines Stiefvaters war zu hören. Anna-Lena lag als kleines Bündel vor dem Herd, um ihren Kopf herum hatte sich eine riesige Blutlache gebildet. Mein Stiefvater drehte sich herum und lachte, lachte uns an, dann sagte er: „So, jetzt hört das kleine Miststück endlich auf zu flennen."

Der Raum verschwamm vor meinen Augen, es rauschte in meinen Ohren, ich war wie gelähmt, habe überhaupt nicht begriffen, was eigentlich passiert war, es ging alles so schnell, fast gleichzeitig."

Er holt tief Luft.

„Dann habe ich zugestochen, ich weiß nicht genau, wohin und wie oft, ich weiß noch nicht einmal, wo ich in diesem Moment das Messer herhatte.

Viel später bin ich wieder zu mir gekommen, ich war nicht ohnmächtig, falls Sie mich das fragen wollen – ich habe nur keine Erinnerung. Saß auf dem Boden, das Messer neben mir, aber ich kann mich halt an nichts anderes erinnern.

Meine Mutter hatte Anna-Lena frisch angezogen, ihr das Gesicht gewaschen und eingecremt, von vorne sah meine kleine Schwester fast aus, als ob sie schliefe, ihr Kopf sah ein bisschen aus wie eine zerknautschte Plastikpuppe.

Mein Stiefvater war auch angezogen, sodass man gar nicht erkennen konnte, was mit ihm passiert war. Nur seine aufgerissenen, erschreckten, starren

Augen waren leer. Er war offensichtlich wirklich überrascht, als ich zugestochen habe."

In Mikes Mundwinkel entsteht ein feines Lächeln, seine Knöchel sind jedoch noch ganz weiß, so fest hält er sein Wasserglas umschlossen.

„Was ist dann geschehen, Mike?", fragt Herbert Wolfinger.

„Erzähl weiter."

Mike trinkt einen Schluck, dann fährt er fort.

„Erst habe ich Anna-Lena in eine Decke gehüllt, sie anschließend in einen blauen Müllsack gesteckt und sie zu ihrem, unserem Lieblingsplatz in den Wald gebracht. Dort habe ich sie wieder ausgepackt und auf das Moos unter den Baum gelegt. Wenn wir gespielt haben, hat sie das auch immer gemacht und mich dann gerufen und gesagt: Miki, Miki, fühl doch, wie weich, du musst deinen Kopf auch hier auf legen. Ganz weicher Pausch, larter Pausch."

Mike laufen die Tränen übers Gesicht.

„Ich hab' sie so lieb gehabt", flüstert er immer wieder und wieder.

Herbert Wolfinger kommen bei diesem Anblick und vorangegangener Schilderung fast selbst die Tränen. Er schluckt.

„Und dann, Mike, was hast du dann gemacht?"

„Dann habe ich gebetet, ich selbst bete nicht oft, aber meine Mutter hat das mit Anna-Lena abends immer gemacht. Ich habe ihr Gebet gesprochen.

Mein Herz ist klein. Ich bin so rein. Soll niemand drin wohnen als Jesus allein.

Ich habe sie zum Abschied geküsst. Dann hab' ich sie leicht zugedeckt und bin wieder nach Hause gegangen. Ich bin den ganzen Weg gelaufen, wollte niemanden sehen, ich war so unendlich leer, so unendlich traurig.

Als es ganz dunkel war, habe ich meinen Stiefvater in eine Schubkarre geladen, die haben wir im Keller stehen gehabt – die hat er mal auf dem Bau geklaut –, und habe ihn an die Straße gebracht. Das war sehr schwer und hat bis nach Mitternacht gebraucht. Ich habe ihn auf die Straße gelegt. Habe später die Decke, mit der er bedeckt war, in den Main geschmissen und die beiden Müllsäcke, in denen er steckte, zerknüllt in verschiedene Tonnen in der Stadt gesteckt. Dann bin ich nach Hause.

Als ich zurückkam, sah die Wohnung aus wie immer. Meine Mutter saß am Küchentisch, als ob nichts geschehen wäre. Als ich in die Küche kam, hat sie nur aufgeschaut, nichts gesagt, dann hat sie meine Wange gestreichelt und mich angelächelt.

Ich bin dann ins Bett gegangen.“

„Warum hast du deinen Stiefvater auf die Straße gelegt, Mike?“

„Du wollest mir alles erzählen, ich habe Zeit.“

Mike trinkt erneut einen Schluck Wasser, dann fährt er fort.

„Karl Göblinski hat mich vor Jahren an dieser Stelle ausgesetzt. Da war ich acht Jahre alt und mir war furchtbar schlecht an dem Tag. Ich hatte mich zweimal übergeben und er hatte meine Mutter angemault, dass ihr Kanakenbalg ihm ja nicht das Auto vollkotzen solle. Als mir dann wieder schlecht wurde, hat er angehalten und mich rausgesetzt. Wir haben damals noch nicht in der Elisabethenstraße gewohnt, sondern auf der anderen Seite Frankfurts, am Dornbusch. Meine Mutter wollte noch aussteigen, da ist er einfach losgerauscht, hat sie nicht aus dem Auto gelassen. Ich hatte kein Geld dabei und bin Stunden durch die Landschaft und dann die Stadt gelaufen, bis ich endlich nach Hause kam. Ich hatte mir irgendeinen Virus eingefangen, denn die ganze Zeit musste ich brechen und permanent auf die Toilette. Ich habe mich so geschämt und bei jedem Schritt den ich gemacht habe, habe ich ihn mehr gehasst, dieses Schwein von meinem Stiefvater.

Mein Großvater mütterlicherseits war auch so eine Drecksau, der hat erst seine Frau in den Selbstmord getrieben und hat sich dann jahrelang an seiner eigenen Tochter vergangen und gegen Geld die ganzen Kerle aus dem Ort über meine Mutter rutschen lassen, bis sie mit Vierzehn von zu Hause weglief. Meine Mutter hat mir das vor Jahren erzählt, als der alte Josef Brettschneider von einem Sattelschlepper erfasst und zu Tode gequetscht wurde."

Herbert Wolfinger schluckt erneut, hatte Anita mit ihrem Bauchgefühl doch recht gehabt.

„Ich dachte mir bereits damals, dass das eine gerechte Strafe für solche Schweine ist. Und weil ich mich so an diese Stelle auf der Straße und meine Angst erinnert habe, hab' ich ihn dort hingebracht, ihn auf die Straße gelegt, mit dem Gesicht nach unten – damit er auch richtig Angst hat."

„Mike, dein Stiefvater war doch da bereits tot."

„Nein, Herr Wolfinger, ich glaube DIE sind wie Katzen, nur da stimmt die Geschichte mit den sieben Leben nicht.   Dreckschweine wie mein Stiefvater oder mein Großvater müssen mehrfach sterben – die kommen sonst wieder."

Mike schaut Wolfinger direkt in die Augen.

„Ich bereue nicht, was ich getan habe."

Nach einer Weile, in der sich beide nur anschauen, steht Herbert Wolfinger auf, legt den Arm auf Mikes Schulter und fordert ihn zum Gehen auf.

Mike bleibt mit einem Fuß am Stuhl hängen und schlägt der Länge nach hin. Herbert Wolfinger hilft ihm auf.

„Ich fahr dich nach Hause, Mike – komm."

Die Fahrt verläuft schweigend. Als sie in der Elisabethenstraße ankommen, fragt Herbert Wolfinger, ob Mike hier überhaupt schlafen wolle, oder ob er ihn lieber in ein Hotel bringen solle.

„Ist schon okay, Herr Wolfinger – danke, dass Sie mir zugehört haben."

Mike öffnet die Tür – Herbert Wolfinger lässt ihn ziehen, es besteht in seinen Augen keine Fluchtgefahr, er vertraut Mike, er vertraut seiner Erfahrung.

Bevor Mike die Tür des Autos zuschlägt, ruft Herbert Wolfinger noch: „Wir sehen uns morgen früh im Präsidium um 10:00 Uhr zum offiziellen Geständnis. Du kommst?"

„Freiwillig", sagt Mike und nickt.

„Und, Mike – denke daran, ich werde die Befragung selber leiten. Man muss in einem Geständnis nicht alles erzählen."

Leicht bricht sich das Licht in den noch nicht verdunsteten Regentropfen auf den Kastanienblättern. Wie wunderschön es hier ist, wie ruhig. Anna-Lena wird gleich kommen und quengeln, dass sie raus zum Spielen möchte. Sie ist manchmal sehr ungeduldig, so wie vierjährige kleine Mädchen eben sind.

Es ist nichts zu hören.

Sie steht auf, stellt sich ganz dicht ans Fenster und blickt in den Innenhof und zum Fuße der Kastanie. Da ist sie ja, ihre kleine Anna-Lena, sie hat gar nicht bemerkt, wie sie schon hinuntergegangen ist. Wie hübsch sie doch aussieht in ihrer Latzhose und den neu gekauften bunten Sneakern. Sie hätte ihr vielleicht besser noch eine Strickjacke angezogen, es ist schon ein wenig kühl geworden nach dem Regen, aber sie hat ja ihre Lieblingsdecke dabei.

Wie sie dort spielt mit ihrer Puppe auf dem kleinen Stück Rasen unter der Kastanie, sie ist so fröhlich – selten hat sie ihre Tochter so fröhlich gesehen. Das kommt bestimmt daher, dass ihr verletzter Kopf wieder völlig geheilt ist. Sie hatte sich sehr weh getan und war gar nicht ansprechbar.

So viel Blut, so viel Blut.

Wie damals bei ihrer eigenen Mutter, aber die war leider nicht mehr aufgestanden. Aber ihre wunderhübsche, kleine Anna-Lena war stärker gewesen und um sie hatte sie sich ja auch besser kümmern können. Sie erinnert sich, dass sie sie gewaschen und eingecremt hat, das war im Gesicht schwierig gewesen, da es sich bei der Berührung immer wieder so merkwürdig verschob. So musste sie besonders vorsichtig sein.

Aber jetzt war alles gut, jetzt spielte sie fröhlich vor sich hin, gleich würde sie zu ihr gehen und gemeinsam mit ihr weiterspielen. Vielleicht kämen die anderen ja auch dazu? Hier gab es viele Menschen, die alle so unglaublich nett zu ihr waren. Niemand ist hier gemein, niemand schlägt mich, niemand beleidigt mich.

Maria lässt sich zurück in den bequemen Sessel ihres Zimmers sinken, sie schließt die Augen.

Wo war eigentlich Karl? Sie überlegt, viele Bilder entstehen vor ihrem geistigen Auge.

Karl, ja Karl – Karl ist nicht mehr da, er ist tot. Sie hat es selbst gesehen, sie weiß, wie ein Toter aussieht, sie hat ihre Mutter gesehen, sie hat damals ihren toten Vater identifizieren müssen. Karl sah auch so aus, ihr Karl. Ein wenig erschreckt hatte er gewirkt. Sie lächelt. Wie still und friedlich es plötzlich ohne ihn war.

Sie sieht Mike, er war hier gewesen, war das gestern?

Sie hat nicht mit ihm gesprochen, ihn nur angeschaut, er hat sie auch ohne Worte verstanden, als er ging, hat er genickt und sie hat ihn angelächelt und seine Hand gehalten. Jetzt ist er auf sich allein gestellt, sie kann ihm nicht helfen, er ist stark, er ist intelligent, er wird es schaffen. Sie hat alles getan, was zu tun war. Jetzt muss sie an sich und an Anna-Lena denken.

Erneut huscht ein zufriedenes Lächeln über ihr Gesicht.

Es ist so schön hier, so ruhig, so friedlich. Niemand fordert sie auf zu putzen, niemand sagt ihr, dass sie doof und fett sei.

Das Essen könnte besser sein, aber wenn sie alle gemeinsam essen, ist dies immer sehr lustig und Schwester Andrea nimmt sie immer in den Arm und streichelt ihre Hand. Wie gut das tut, wie warm das ist, wie glücklich sie hier sein kann. Es ist nicht nötig, dass sie spricht, sie muss nichts erzählen, nicht alle Bilder in ihrem Kopf wieder neu aufleben lassen. Man versteht sie auch so. Sie will auch nicht wieder sprechen, sie wird auch nicht wieder sprechen, das hat sie sich fest vorgenommen, es ist viel ruhiger so. So sanft in ihrem Kopf, so frei.

Maria atmet tief durch, steht auf, zupft ihren Rock ein wenig zurecht, als sie sich im Spiegel sieht, fährt sie sich mit der linken Hand durchs Haar und verlässt ihr Zimmer. Sie geht durch zwei große Glastüren, auf dem Gang trifft sie Kevin, den Pfleger, sie mag ihn, er sieht ein wenig wie Mike aus.

„Wo gehst du hin, Maria?"

Sie lächelt ihn an und geht weiter, Kevin begleitet sie. Er wird warten, unten bei der Kastanie, bis sie mit Anna-Lena gespielt hat und sie sie ins Bett bringen muss. Er wartet immer auf sie, das beruhigt sie.

Wie schön es hier ist, wie friedlich. Sie hat ihren Platz gefunden – für immer.

„Hühner auf's Eis! Hühner auf's Eis!"
Der Lärm ist ohrenbetäubend, Gummihühner fliegen auf's Eis. Drei, vier, vielleicht auch mehr. Als der Schiedsrichter sie einzusammeln beginnt, ertönt in eben gleicher Lautstärke: „Hühnerdieb! Hühnerdieb!"

Sabrina Schreiber lacht herzlich auf, was ist das für ein Spaß, was ist das für eine tolle Stimmung hier in der Eissporthalle am Riederwald.

Herbert Wolfinger beugt sich zu ihr, spricht ganz nah an ihrem Ohr, anders könnte sie ihn auch nicht verstehen.

„Eine vermeintliche Fehlentscheidung des Schiedsrichters wird hier bei den Frankfurt Lions von den Fans abgestraft, indem sie diese Hühner auf's Eis werfen. Sammelt der Schiri sie dann vom Eis, wird er als Hühnerdieb bezeichnet. Die Hühner gibt's unten beim Stadionsprecher zurück für die nächste Unzufriedenheitsbekundung."

Sie lächeln sich beide an. Herbert Wolfinger fährt fort: „Für den Laien ist es kaum nachvollziehbar, was verboten und was erlaubt ist. Interessant ist jedoch, dass im Gegensatz zum Fußball zum Beispiel eine Schiedsrichterentscheidung nach Einsicht der Videoaufzeichnung revidiert werden kann."

Sabrina erinnern diese Hühner an Hundespielzeug und sie beginnt erneut zu lachen.

Es macht ihr Spaß, bei diesem heutigen Auftaktspiel der Saison dabei zu sein. Herbert Wolfinger hatte sie gestern Abend angerufen und sie gefragt, ob sie Lust hätte mitzukommen. Er hätte zwei VIP-

Karten besorgt und würde sich sehr freuen, ihr sein Hobby von der Tribüne aus vorzustellen.

Sie hatte erst noch überlegt, freute sich jedoch jetzt sehr, dass sie doch zugesagt hatte.

Sie hatte Herbert Wolfinger schon an diesem ersten gemeinsamen Abend sehr sympathisch gefunden und jetzt, als er so dicht neben ihr sitzt und ihr bei dem Lärm in der Halle ansatzweise versucht, die Regeln des Eishockey zu erklären, genießt sie erneut seine Nähe, atmet seinen Duft und fühlt sich einfach nur glücklich. Sie blickt sich um, hier in Block D, Reihe 9, auf den Plätzen 19 und 20, hatte man eine tolle Aussicht auf das Eis, aber die Stimmung auf der rechts von ihr befindlichen Fankurve war schon als frenetisch zu bezeichnen und fast wünschte sie stellenweise, sie würden beide dort stehen, weil die Stimmung einfach noch besser schien.

Eine durchdringende Sirene ertönt aus den Lautsprechern. Herbert Wolfinger beugt sich erneut zu ihr: „Pause, Ende des ersten Drittels – lassen Sie uns ins Zelt gehen und etwas essen und trinken.“

Im dichten Gedränge bewegen sie sich zum Ausgang in Richtung VIP-Zelt. Ein Bändchen wird als „Eintrittskarte“ an ihren Handgelenken befestigt. „Wir kommen nachher wieder. Das Spiel dauert 60 Minuten reine Spielzeit, drei Drittel à 20 Minuten werden gespielt. Zwischendurch die Pausen, in denen wir uns hierher begeben können, um eine Kleinigkeit zu essen. Möchten Sie etwas trinken, Sabrina?“

„Gerne, ein Glas Weißwein und ein Wasser.“

Herbert Wolfinger hat zwischenzeitlich ihren reservierten Platz angesteuert und sie einigen Leuten aus seinem Bekanntenkreis vorgestellt.

Als er mit dem Wein zurückkehrt und sich setzt, fährt er fort: „Zwischen 1840 und 1875 ist Eishockey aus verschiedenen Mannschaftssportarten entwickelt worden. In Frankfurt wurde schon Anfang 1900 Eishockey gespielt. Ich selbst bin seit nunmehr vier Jahren bei den Amateuren der Lions und habe immer noch alle Zähne." Er lacht und dabei sieht man in der Tat ein makelloses Gebiss.

„Ist das nicht ungewöhnlich für einen doch recht brutalen Sport wie diesen? Da haben Sie ja großes Glück gehabt!"

Sabrina lächelt erneut, sie strahlt fast, sie hat heute Abend eine blendende Laune. Nicht dass sie sonst zu den Miesepetern zählen würde, aber sie fühlt sich leicht und entspannt in Herbert Wolfingers Nähe. Er ist unglaublich charmant und ja, er sieht auch noch unglaublich gut aus.

„Sorry, ich hab' das Wasser vergessen. Möchten Sie was essen?"

„Nein, vielen Dank – vielleicht in der nächsten Pause."

Als Löwengebrüll zum Fortgang des Spiels ruft, wirft Sabrina Schreiber beim Verlassen des Zeltes einen Blick auf das Büfett. Es sieht sehr lecker aus und sie bereut fast, noch nichts genommen zu haben, in zwanzig Minuten wird dies anders sein, denkt sie.

Zurück auf den Plätzen, gibt es nach wenigen Minuten ein Tor für die Lions. Die heimischen Fans sind aus dem Häuschen und von den Rängen ertönt die Lionshymne.

„Pinguine watscheln, Eisbären sind zu dick und wenn ein Hai dich beißen will, dann beißt du halt zurück!

Panther oder Tiger schicken wir per Post nach Haus', und wenn ein Kühlschrank böse brummt, ziehen wir den Stecker raus!

Truthahn zum Thanksgiving Day, Skorpione kann man knicken, Huskies in den Streichelzoo, Adler zu Mc Chicken!

Kühler Kopf und hessisches Herz, Frankfurter Löwen kennen keinen Schmerz!

Wer braucht schon alle Zähne, wer braucht schon sein Gebiss, wenn er dafür stolzer Löwe ist!

Kühler Kopf und hessisches Herz."

Diesmal fallen beide in den Refrain mit ein und Herbert Wolfingers Versuch, der Staatsanwältin zu erklären, dass der Song der Lions von Badesalz-Hälfte Henni Nachtsheim stammt, geht in der lautstarken Begeisterung der Fans leider unter.

Der Abend verläuft wie im Flug und nachdem beide in den verbleibenden Pausen noch gut gegessen haben, bietet Herbert Wolfinger Dr. Schreiber an, sie nach Hause zu fahren.

„Wie ist das denn noch mal mit der Abseitsregel?", fragt sie, nachdem sie bei ihm im Auto Platz genommen hat.

Herbert strahlt: „Hat es Ihnen so gut gefallen? Ein Spieler befindet sich im Abseits, wenn beide Schlittschuhe sich komplett über der blauen Linie in seiner Angriffszone befinden, bevor der Puck die Linie völlig überschritten hat."

Sabrina schaut ihn verdutzt an: „Ich glaube, das müssen Sie mir noch mal erklären, denn wenn Sie mich beim nächsten Mal wieder mitnehmen möchten, will ich das Spiel schon genau verstehen, was mir ehrlich gesagt heute nicht ganz gelungen ist."

Nach kurzer Fahrt stoppt Herbert Wolfinger seinen Wagen am rechten Fahrbahnrand und dreht sich zu Sabrina.

„Habe ich Ihnen eigentlich schon gesagt, wie unglaublich und wunderbar Sie sind?"

Sie lächelt leicht verlegen, schaut ihn an und möchte etwas sagen. Doch in diesem Moment hebt Herbert Wolfinger ihr Gesicht mit der Hand leicht an, blickt ihr tief in die Augen und küsst sie – sehr lange!

Dieser Abend endet in seiner Wohnung und obwohl Sabrina ihm gesagt hat, dass sie seit Jahren keine Beziehung mehr gehabt habe und ein wenig aus der Übung sei, ist es um ihn vollends geschehen, als sie auf seinem Bett liegt, er ihr Jeans und Slip auszieht und beginnt, sie zärtlich zwischen ihren Schenkeln zu küssen. Sie beantwortet sein Drängen und seine Lust mit einem sanften Stöhnen, biegt ihren Oberkörper und Kopf weit nach hinten, lässt ihn gewähren und genießt.

Als sie sich nach Stunden ermattet in den Armen liegen, sind Herbert Wolfingers Gedanken geprägt von Zärtlichkeit und Nähe. Der Sex mit dieser Frau ist unbeschreiblich, ihr Körper eine Offenbarung – genau so hat er sich DIE Frau immer vorgestellt und nun liegt sie hier neben ihm. Was für ein Geschenk. Er ist unendlich glücklich, er kann sich nicht erinnern, jemals so glücklich gewesen zu sein. Gott, hat es ihn erwischt! Sabrina schmiegt sich an ihn, dabei ruht ihre Hand auf seiner Brust und sie spürt sein Herz schlagen. Sie küsst ihn.

„Du bist der wundervollste Mann, der mir je begegnet ist, es ist unglaublich mit dir.“

Er möchte ihr antworten, aber sie ist eingeschlafen. Lange blickt er sie noch an. Er freut sich darauf, in ein paar Stunden neben ihr wach zu werden, dann schließt auch er die Augen.

Mike sitzt, den Rücken an die Wand gelehnt, die Knie bis zum Kinn gezogen, während beide Arme seine Beine umschlingen, auf der Pritsche seiner Zelle im Untersuchungsgefängnis in Frankfurt.

Der dritte Tag nach seiner Festnahme und seinem offiziellen Geständnis bei der Polizei.

Er war erschienen, so wie er es Herbert Wolfinger versprochen hatte, am Morgen nach ihrem Gespräch. Er hätte ihn nicht enttäuscht, er hatte es ihm versprochen. Nachdem Wolfinger ihn zu Hause abgesetzt hatte, hatte er natürlich kurz darüber nachgedacht abzuhauen, aber wohin denn, er kannte ja niemanden und er hatte auch kein Geld. Seine Mutter hatte immer eine kleine „Spardose" gehabt, mit etwas Barem, welches sie sich abknapste vom ohnehin gering zugeteilten Haushaltungsgeld. Darin war auch ein Sparbuch gewesen, ebenfalls mit einem kleinen Betrag, das kümmerliche Erbe seines toten Großvaters, aber auch das war verschwunden, wahrscheinlich hatte sie es Kalle gegeben oder er hatte es gefunden und einfach genommen und so hatte sich Mike ins Bett gelegt, versucht zu schlafen und einfach den nächsten Morgen abgewartet.

Wolfinger hatte das Verhör selbst geführt, wie er es ihm versprochen hatte, er hatte jedoch alles erzählt, so wie es eben gewesen war, er wollte auch nichts verheimlichen, nichts schönreden, er war erleichtert, dass er sich den ganzen Dreck von der Seele geredet hatte.

Wolfinger hatte ihm helfen wollen, aber vielleicht gab und gibt es ja gar keine Hilfe mehr für ihn.

Mike drückt den Kopf in den Nacken und schaut sich um. Meine Güte, hier drinnen sieht es noch schlimmer aus als in seinem Zimmer bei ihm zu Hause, obwohl die Größe des Raumes fast identisch ist.

Er hat eine Einzelzelle, eine Bitte, die er Wolfinger gegenüber geäußert hatte und die ihm auch so erfüllt worden war. Die Matratze, welche seine Pritsche bedeckt, ist völlig durchgelegen und aus einem undefinierbaren Material. Sie riecht abstoßend nach altem Männerschweiß und getrocknetem Sperma sowie einem undefinierbaren Reinigungsmittel. Ihm gegenüber steht ein buchefurnierter Schrank, der bereits überall an den Ecken absplittert. Ein simpler Tisch, ein Stuhl, ein Waschbecken, welches auch schon bessere Zeiten gesehen hat, und eine Toilette ohne Deckel, dies ist die spärliche Ausstattung seiner Zelle. Ein kleines Fenster, welches sehr weit oben angebracht ist und ihn zwingt, sich auf das Bett zu stellen, um den Himmel erkennen zu können. Nicht, dass er Luxus von zu Hause gewöhnt wäre, aber es ist alles sehr schäbig und am meisten belastet ihn der Geruch hier drin. Für ihn stinkt es wie in einem Affenkäfig.

Wie schön seine Mutter doch immer alles gerichtet hatte und wie gut immer alles roch. Mike schließt die Augen und versucht sich zu erinnern. Er sieht seine Mutter, er sieht Anna-Lena, er sieht Karl Göblinski und wie ein bruchstückhafter Film laufen einschneidende Erlebnisse der letzten Jahre vor seinem geistigen Auge ab.

Die Auseinandersetzungen, die Gewalt, sein Boxtraining, die wundervolle Zeit mit seiner

Schwester. Er stöhnt leise auf, Tränen laufen über sein Gesicht. Er vermisst sie so sehr, ihr Lachen, die gemeinsamen Spiele, die Abende, wenn sie sich zu ihm ins ohnehin nur neunzig Zentimeter breite Bett kuschelte und sich von ihm Geschichten erzählen ließ. Er sieht ihren Kopf, das Blut, ihren kleinen leblosen Körper und er sieht den Moment, als er sie aufs Moos gebettet hat, vorsichtig zudeckte, um sich für immer von ihr zu verabschieden. Aber irgendwie funktioniert das nicht so, wie er es sich wünscht, denn sie ist immer noch so lebendig in seinen Erinnerungen und da schleicht sich ein Satz von Cocteau in sein Gedächtnis, sie hatten über ihn mal kurz im Deutschunterricht gesprochen, ihm fehlt jedoch der Zusammenhang, aber der Satz war schön. „Das wahre Grab der Toten ist das Herz der Lebenden." Eine ganze Tränenflut ergießt sich jetzt über sein Gesicht. Er würde Anna-Lenas letzten Moment so gerne ungeschehen machen. Hätte er doch nur früher zugestochen, hätte er doch nicht abgewartet. Hätte er nicht wissen müssen, was sein Stiefvater da vorhatte, kannte er ihn nicht gut genug?

Dieses miese Schwein, er hatte nicht eine Gelegenheit ausgelassen, sie alle zu tyrannisieren, sie zu beleidigen, zu quälen und ihnen in den unterschiedlichsten Formen Gewalt anzutun. Er würde sich so gerne genau erinnern.

Heute Morgen war sein Anwalt, ein sogenannter Pflichtverteidiger, da gewesen, er konnte sich ja keinen eigenen Anwalt leisten. Dieser hatte auf ihn eingeredet, ihn befragt, versucht, ihm seine Situation klarzumachen. Da waren Dinge dabei gewesen, die er nicht so richtig verstand. Da hatte offenbar irgendein Staatsanwalt in Abwesenheit des für ihn eigentlich zuständigen Staatsanwaltes einen Haftbefehl wegen Mordes gegen ihn erlassen. Ein Ereignis, welches Tim Schrick, seinen Verteidiger, offensichtlich auf die Palme brachte. Dann hatte dieser Schrick, der nicht unsympathisch war, ihm seine Rechte noch einmal erklärt und ihm erzählt, wie er seine Verteidigung aufbauen wollte. Was jedoch ganz wichtig sei, und hier war er ausladend intensiv geworden, sei, dass er es schaffen würde, die Lücke in seinem Gedächtnis zu schließen, damit ein vollständiges Bild der Tat vorliege. Gegen Mittag war er dann gegangen, hatte Mike erzählt, er käme morgen wieder und hatte versucht, ihm Mut zu machen. Gerade rechtzeitig hatte Mike dann noch etwas zu essen bekommen – Gulasch, eine Mahlzeit, die es hier wohl in unzähligen Variationen zu geben scheint.

Er kneift die Augen ganz fest zusammen, als könne er damit die Tat noch einmal detailliert heraufbeschwören, sie so plastisch machen, als wäre er als Beobachter anwesend. Noch einmal das Messer greifend, auf seinen Stiefvater zustürzend, um ihm eben dieses tief in die Brust zu stoßen. Mike hebt wie in Trance den Arm, ahmt die Bewegung schwingend nach und hält abrupt inne – da ist dieses Loch, diese gähnende Leere seiner Erinnerung, so sehr er sich auch anstrengt, er hat den Faden verloren. Er sieht sich erst wieder am Boden sitzend, spürt die Hand seiner Mutter auf seiner ruhend. Das Messer neben seinem Stiefvater auf dem Küchenboden.

Seine Mutter, was sie jetzt wohl machte, ob es ihr wirklich gut ging? Wie lange war es jetzt eigentlich her, dass er sie in der Psychiatrie besucht hatte, vier, fünf Tage? Auch daran erinnerte er sich jetzt nicht mehr genau, die Zeit scheint stillzustehen, sein Leben wirkt wie im dichten Nebel versunken, seine Gedanken und Gefühle verworren. Er fühlt sich leer, die Bilder in seinem Kopf geben ihm nicht die gewünschte Klarheit. Natürlich hatte er seine Mutter gefragt, wie denn alles genau abgelaufen sei, aber sie hatte nicht geantwortet, ihn nur angelächelt und seine Hand gestreichelt. Obwohl er sie doch sehen und berühren konnte, wirkte sie auf ihn fast genauso weit entfernt wie seine tote Schwester – fast war Anna-Lena noch näher. Seine Mutter schien sich in eine eigene Welt zurückgezogen zu haben, in der sie auch offensichtlich selbst von ihm nicht erreicht werden wollte. Und so hatte er gewusst, als er die Klinik verlassen hatte, dass er auf sich ganz alleine gestellt sein würde.

Er fühlt Angst, tiefe, verzweifelte Angst, hilflose, verlassene Angst. Eine Angst, die ihm nicht nur das Denken schier unmöglich macht, sondern ihm auch seine körperlichen Basisfunktionen einzuschränken scheint. Er hat begonnen, schwer und unregelmäßig zu atmen, schwankt zwischen Schweißausbrüchen und Kälteattacken, hat mal nicht enden wollenden Hunger, dann wieder völlige Appetitlosigkeit. Mein Gott, er fühlt sich uralt, wie konnte man sich mit gerade mal achtzehn Jahren so alt fühlen?

Er würde jetzt gerne frische Luft schnappen, aber bis der Beamte käme – man nennt die Leute, die hier arbeiten, auch Schließer –, um ihm eine Runde auf dem Gefängnishof zu ermöglichen, würde noch eine ganze Weile vergehen. Er hofft inständig, dass er dann überhaupt in der Lage ist, aufstehen zu können und man ihm seinen Gemütszustand nicht anmerkt. Er will hier nicht als Weichei gelten.

Er hat keine Uhr mehr, die hat man ihm abgenommen, aber sein Zeitgefühl ist ziemlich gut und so bleibt er in unverändert gleicher Haltung sitzen.

„Besuch für dich – dein Anwalt!"

Der Satz erfolgt quasi gleichzeitig mit dem Öffnen der Zellentür.

Als Mike in Begleitung des Beamten in einen gesonderten Raum geführt wird, blickt er auf die Ziffern der großen Uhr am Ende des Ganges. Es ist 10:16 Uhr.

Sein Frühstück steht immer noch unangerührt auf dem Tisch in seiner Zelle, ob sie es jetzt wegräumen? Er hat das Gefühl, Hunger zu haben, aber vielleicht ist das Loch in seinem Bauch auch nur ein Gefühl von Angst. Je länger er hier drin sitzt, desto mehr Angst bekommt er. In diesem Raum eingesperrt zu sein, sich nicht frei bewegen zu können, ununterbrochen beobachtet zu werden, einen Tagesablauf zu haben, der nur von Dritten bestimmt wird, gibt ihm das Gefühl, ersticken zu müssen. Sein Leben war bisher ja nicht wirklich von Glück und Freiheit geprägt, aber hier, hier ist es unerträglich, er muss hier raus.

Sein Anwalt sitzt, einen Schreibblock und einen Stift vor sich liegend, der Tisch sonst leer, zurückgelehnt auf dem unbequemen Holzstuhl.

„Guten Morgen, Mike. Setz dich, es gibt da noch einiges zu klären."

„Ich möchte lieber stehen, wenn Ihnen das nichts ausmacht, ich sitze ja eh den ganzen Tag auf meiner Pritsche."

„Ist okay, Mike – wie du möchtest."

„Gestern war ja noch der psychologische Gutachter bei dir, wie ist das Gespräch denn deiner Meinung nach gelaufen?"

„Okay, der war ganz nett, kann mich gerade nicht mehr an den Namen erinnern, aber wieso fragen Sie mich das!?“

„Ich habe Dr. Bassyouni heute Morgen angerufen und bin schier ausgeflippt, der Typ ist eigentlich sonst ganz in Ordnung, versucht jedoch gerade, mir diverse Steine für meine Verteidigung in den Weg zu legen.“

„Herr Anwalt, ich verstehe nicht – eigentlich verstehe ich momentan überhaupt nichts mehr!“

„Mike, bitte setz’ dich vielleicht doch. Mich macht dein Hin- und Hergelaufe ganz verrückt! Ich will dir meine Vorgehensweise erläutern.“

„Erst einmal vorweg, Mike: Für mich bist du unschuldig und ich werde meine Verteidigung auf den Paragrafen 34 des Strafgesetzbuches aufbauen.“

Mike blickt ihn mit einem Achselzucken an.

„Der §34 StGB ist der sogenannte Nothilfeparagraf. Er besagt, wer in einer gegenwärtigen, nicht anders abwendbaren Gefahr für Leben, Leib, Freiheit, Ehre, Eigentum oder ein anderes Rechtsgut eine Tat begeht, um die Gefahr von sich oder einem anderen abzuwenden, handelt nicht rechtswidrig. Dies gilt jedoch nur, soweit die Tat ein angemessenes Mittel ist, die Gefahr abzuwenden. Ob ein Messer in diesem Moment ein angemessenes Mittel war, wird für den Aufbau deiner Verteidigung schwer werden, aber das kriege ich schon hin.

Hinzu kommt, dass durch die jahrelang erlebte Gewalt innerhalb deiner Familie eine extrem starke psychische Belastung auf dir lag und du mit allen Mitteln erneut eine schwerwiegende Gefahr von deiner kleinen Schwester abwenden wolltest.“

„Das verstehe ich, Herr Schrick, so ist es ja auch gewesen, aber worin besteht denn dann das Problem?“

„Bassyouni hat sein Gutachten noch nicht fertig, nach unserem Telefonat heute Morgen, in dem er eigentlich gar nichts sagen wollte, hat er durchblicken lassen, dass er dich für außergewöhnlich intelligent und strukturiert hält, was im Klartext bedeutet – ich habe da so ein Gefühl –, dass er dir aufgrund deiner Wesensstruktur eine Affekttat abstreitet.

Wie gesagt, das Gutachten ist noch nicht fertig, aber es scheint darauf hinauszulaufen, dass du deinen Stiefvater mit Berechnung erstochen hast.“

„Herr Anwalt, ich habe in all den Jahren sicher genügend Anlässe und Gründe gehabt, dies zu tun, und ich habe Göblinski, dieses Schwein, auch ausreichend gehasst, ja! Aber an diesem Tag, wollte ich nichts anderes als meiner kleinen Schwester helfen und ich wollte einfach nur, dass er aufhört, dass er aufhört, endlich aufhört.“

Mike krampft sich zusammen, er beginnt zu schluchzen, seine Verzweiflung scheint ihn in den freien Fall zu stürzen. Der Raum beginnt sich um ihn herum zu drehen. Sein Körper gerät in eine merkwürdige Linkslage, dann fällt er vom Stuhl. Die Beine fest an den Körper gezogen, mit den Armen umschlossen, den Kopf eingezogen, rollt er über den Boden und weint hemmungslos.

Tim Schrick springt auf, betätigt den Alarmknopf der Sprechanlage und ruft nach einem Arzt.

Das Letzte, was Mike noch wahrnimmt, ist sein Anwalt, der neben ihm steht, und während er auf eine Trage gehoben wird, ihm zuredet, dass alles gut würde, dann spürt er einen Stich im Arm und versinkt in wattegleicher, milchiger Umgebung.

„Frau Dr. Schreiber, mein Mandant ist unschuldig. Sie wollen doch einen gerade mal 18-jährigen Jungen nicht wirklich für Jahre hinter Gitter bringen? Mike wird das nicht durchstehen – außerdem, wenn Sie sich die Akte mal vornehmen.“

Das Gesagte scheint noch lauter als vorgebracht von den Wänden des Raumes zurückzuprallen.

Die Staatsanwältin hebt drohend die Hand, sie spricht betont langsam und in angenehmer Lautstärke.

„Herr Schrick, verzeihen Sie, wenn ich Sie unterbreche. Nicht ich habe Karl Göblinski getötet, sondern Ihr Mandant. Sie brauchen mich daher nicht anzuschreien und wir haben doch diesen Termin heute gemeinsam gefunden, um genau darüber in Ruhe zu sprechen.“

Auch in ihre letzten Worte hat Sabrina Schreiber eine gezielte Betonung gelegt. Würde Schrick sie kennen, würde er ihr ihre Anspannung anmerken – Gott sei Dank ist dem nicht so. Es ist ihr unangenehm, diesen Fall aufs Auge gedrückt bekommen zu haben. Viel zu tief hat sie sich bereits persönlich involviert, viel zu lange und zu oft hat sie mit Herbert in den letzten Tagen bei einem Glas Wein auf dessen Sofa gesessen, den Blick über die erleuchtete Frankfurter Skyline genossen, ebenso wie die Nähe dieses unglaublich wundervollen Mannes und mit ihm über den Fall diskutiert. Sie hat Mikes Hefte gelesen, hat sich nicht nur von seiner literarischen Begabung beeindrucken lassen, sondern insbesondere auch von seiner emotionalen Intelligenz in seinen Texten. Sie hat Mikes Geständnis nicht nur einmal gelesen, sondern auch immer wieder die entsprechenden Berichte von Anita Brunner und Martin Heidenroth. Sie weiß genau, was an dem Tattag in der Wohnung in der Elisabethenstraße geschehen ist. Aber auch wenn sie eine ganz eigene Meinung über die Person Karl Göblinskis und dessen Verhalten seiner Familie gegenüber hat, so vertritt sie doch das Gesetz und dies ist in der Tat, zum ersten Mal in ihrer Karrierelaufbahn, ein Problem für sie.

Wie unendlich gerne hätte sie Karl Göblinski auf der Anklagebank – und ja, sie weiß, dieser Typ hätte nichts zu lachen bei ihr!

„Herr Schrick! Glauben Sie mir, ich kann Ihren Standpunkt nachvollziehen. Ich werde meine Anklage auf den §213 StGB, „Minder schwerer Fall des Totschlags", aufbauen. Das Strafmaß liegt, wie Sie wissen, bei einer Freiheitsstrafe von einem bis zu zehn Jahren. Mike kommt vor die Jugendkammer und ich werde auf eine Freiheitsstrafe auf Bewährung plädieren, er hat sich selber der Polizei gestellt, ist noch nie negativ aufgefallen, geschweige denn straffällig geworden. Ich habe daher kein Problem damit, eine Bewährungsstrafe zu fordern, aber Ihr Mandant hat nun mal seinen Stiefvater umgebracht und selbst unter Abwägung aller Umstände muss er bestraft werden. Mehr kann ich für ihn nicht tun."

Schrick stockt, bevor er erneut das Wort ergreift, hat er das eben richtig gehört, seine Ängste scheinen wie weggeblasen, mit einer derartigen Anklage kann er bestens leben und er wird so für Mike das Optimale herausholen.

„Vielen Dank, Frau Staatsanwältin. Mike liegt noch auf der Krankenstation, ich werde gleich zu ihm rüberfahren und ihm von unserem Gespräch berichten."

„Wie geht es ihm eigentlich? Ich habe gehört, dass er wohl ein Kreislaufversagen hatte!"

„Ja, während ich ihn besucht habe, hat er einen schweren Zusammenbruch erlitten, wohl nicht nur durch die extreme psychische Belastung hervorgerufen, sondern auch durch fortgeschrittene Dehydration, er hatte wohl seit Tagen nichts mehr getrunken."

„Aber er ist auf dem Weg der Besserung, oder?"

„Ja, ja, dass ist er."

„Vielen Dank jedenfalls noch mal für das Gespräch."

Schrick ist zwischenzeitlich aufgestanden und wendet sich zum Gehen.

Kurz vor Erreichen der Tür dreht er sich noch einmal um. „Ach – wissen Sie denn, wer von den Richtern den Fall abschließend behandeln wird?"

Sabrina Schreiber ist ebenfalls aufgestanden, sie steht hinter ihrem Schreibtisch, umrahmt von unzähligen Akten. Sie ist groß und sehr schlank und sieht hinreißend in ihrem klassischen schwarzen Kostüm aus. Tim Schrick blickt ihr direkt in die grünen Augen und versucht in seinem Gesicht der Bewunderung Ausdruck zu verleihen, die er gerade für diese Frau empfindet – nur leider scheint sie es nicht zu bemerken oder nicht bemerken zu wollen, da ist er sich nicht ganz sicher, jedenfalls antwortet sie ihm mit gleicher distanzierter, bestimmter, aber freundlicher Stimme.

„Ich denke, es wird der vorsitzende Richter der
Jugendkammer Obertacke sein. Genau weiß ich es
jedoch nicht, da er wohl auf der Karriereleiter nach
oben klettert, mir keine Einzelheiten und Daten
bekannt sind und ich daher nicht weiß, wie lange er
noch hier sein wird. Sie können mich jedoch gerne
in den nächsten Tagen ansprechen, dann werde ich
Genaueres wissen. Die Verhandlung sowie die Ur-
teilsverkündung sollen wohl innerhalb der kom-
menden zwei Wochen stattfinden, wir wollen hier
keine unnötige Zeit verschwenden. Wie ich bereits
sagte, Ihr Mandant hat sich selber den Behörden
gestellt, es gibt eine umfangreiche Aussage von ihm,
an der auch aus meiner Sicht kein Zweifel besteht.
Des Weiteren haben wir keine Zeugen zu hören, da
es keine zum Tathergang gibt, und bei Frau Göblinski besteht wohl nach Aussage des verantwortli-
chen und behandelnden Arztes kein Hinweis auf
Besserung. Sie hat sich offensichtlich in ihre eigene
Welt geflüchtet und zeigt bis dato keinerlei Anzei-
chen wieder sprechen zu können oder zu wollen.

Ich denke, wir haben soweit alles besprochen
Herr Schrick. Auf Wiedersehen.“

Sabrina Schreiber greift zwei dicke Akten von ihrem Schreibtisch und hält diese mit verschränkten
Armen vor sich, während sie auf den Pflichtverteidiger zugeht.

„Ist noch etwas, Herr Schrick? Ich habe Termine“.

„Nein, das war's. Auf Wiedersehen, Frau Dr., Frau
Staatsanwältin.“

Er ist unsicher, fühlt sich ihr in diesem Moment
weit unterlegen, bei gleichzeitiger Bewunderung, sie

ist sicher die attraktivste Staatsanwältin, die er je kennengelernt hat.

„Schönen Tag noch.“

Er geht und fühlt sich dabei wie ein Idiot.

„Sag' mal, Heike, hast du schon eine Gästeliste gemacht? Meine Beförderung als vorsitzender Richter beim OLG muss gebührend gefeiert werden."

„Nein, Carsten, mein Liebster, du wolltest mir die Namen selber noch geben."

„Wir müssen auf jeden Fall Dr. Hausmann, den scheidenden Kollegen beim OLG, sowie Dr. Marzi, diesen medizinischen Gutachter, einladen, man muss sich seine Leute ja richtig heranziehen. Hausmann und seine offensichtlich halb so alte Frau leben zwar wohl in einer ganz anderen Welt, aber die sind hier im Rhein-Main-Gebiet mit den wichtigsten Leuten befreundet."

„Was meinst du mit anderer Welt?"

Sie faltet die Tageszeitung zusammen und legt sie an den linken Rand ihres Frühstücktellers. Zum ersten Mal an diesem Morgen schaut sie ihrem Mann ins Gesicht.

„Man munkelt, dass die zweite Frau vom Hausmann sehr vermögend ist – die lassen es sich offensichtlich besonders gut gehen, reisen viel, haben ein riesiges Bauprojekt in Angriff genommen, Bad Homburg, 500qm Wohnfläche soll es haben – das neue Eigenheim –, geschenkt vom Schwiegervater zur Geburt der Enkeltochter. Der Hausmann musste ja zeigen, dass er es noch kann und hat mit seinen 58 noch ein Kind gezeugt. Wahrscheinlich ständig Viagra geschluckt."

Er lacht angewidert.

„Fest steht, dass er aufhört zu arbeiten, er möchte sich seiner Familie und seinen Hobbys widmen und ein Buch schreiben, hat er mir vor ein paar Tagen erzählt, der Angeber. Dafür wollen sie wohl viel Zeit irgendwo da unten in Südfrankreich, zwischen Nizza und Cannes, in den Bergen verbringen, wo sie neben dem riesigen neuen Haus NOCH ein Haus haben. Jedenfalls ist es immer wichtig und gut, solche Leute zu kennen. Auch, wenn ich den Kerl und seine aufgebrezelte Alte, oder besser gesagt Junge", er lacht erneut, wobei er seinen Mund zu einem zynischen Grinsen verzieht, „nicht leiden kann. Findest du nicht auch?"

„Sicher."

Sie steht auf und schenkt ihrem Mann eine weitere Tasse Tee ein. Mit der anderen Hand hält sie ihm den Brotkorb hin, in dem zwei einfache Brötchen auf einer geblümten, fein säuberlich gefalteten Stoffserviette liegen.

„Brot?"

Er greift nach einem der Brötchen, legt es vor sich auf den Teller und beginnt es der Länge nach extrem langsam aufzuschneiden. Dabei fragt er, ohne sie eines Blickes zu würdigen: „Welches Brot? Ich seh' nur zwei Brötchen."

Er entfernt mit der Hand den weichen Teig aus dem Brötchen, greift das Messer und streicht eine hauchfeine Schicht Butter darauf, dann teilt er auf dem vor ihm stehenden Teller, auf dem sich einige Scheiben Aufschnitt sowie Käse befinden, eine Scheibe Bierschinken exakt in der Mitte durch und legt diese auf die eine Hälfte des besagten Brötchens. Heike Obertacke setzt sich ihm wieder gegenüber. Sie ist seine Maßregelungen seit über einem Vierteljahrhundert Ehe gewohnt. Stört sie das?

Sie überlegt. Eigentlich nicht, denn er war noch nie anders, sie hat ihn damals schon so kennengelernt. Er ist immer sehr korrekt und genau, behandelt sie seit dem ersten Tag höflich und hat sie in all den Jahren der Ehe noch nie angeschrien, geschweige denn Gewalt angewendet. Wenn er sich über etwas wirklich ärgert, spricht er tage-, manchmal wochenlang nicht mit ihr und teilt ihr dann alles Wichtige auf einem Bogen Papier, welcher immer die Überschrift „Mitteilungen während Schweigephase“ trägt, schriftlich mit.

Sie fühlt sich wohl, es geht ihr gut. Die Söhne sind groß und studieren beide Jura in Tübingen. Sie ist Mitglied im Golf- und Tennisclub des nächstgelegenen größeren Ortes, hat ihren eigenen kleinen Freundeskreis gleichgesinnter Frauen und beschäftigt sich gerne mit der Gartenpflege ihres 300qm großen Gartens. Inmitten dieses kleinen Paradieses, wie sie es immer nennt, steht das 160qm große Haus aus den 70er-Jahren. Vor 15 Jahren haben sie sich eine kleine Ferienwohnung in Tirol gekauft und einige Renovierungsarbeiten am Haus vorgenommen, bezahlt von dem Erbe ihrer verstorbenen Eltern. Sie unternehmen beide ungern Fernreisen, Carsten fliegt nicht gerne und ihr bekommt das ausländische Essen nicht. Zu Anfang ihrer Ehe und als die Kinder noch klein waren, waren sie einmal in Spanien gewesen, glücklich fühlten sie sich dort nicht und so wurde die Ferienwohnung in Tirol der richtige Urlaubsort für sie. Seit dem Kauf verbringen sie sowohl die Sommerferien als auch die Zeit zwischen den Jahren dort. Weihnachten feiert man zu Hause, darüber sind sie sich einig. Sie blickt auf die breite Marmorfensterbank und das große dahinterliegende Fenster und bewundert voller Freude ihre Sammlung von Zimmerpflanzen, von denen einige schon bereits wieder Blüten ansetzen.

„Heike, hast du meine Sachen fertig?"

Die Frage reißt sie aus ihren Gedanken.

„Sicher mein Liebster, die Thermoskanne steht bereit, gefüllt mit Tee auf der Anrichte in der Diele, deine Aktentasche auch. Ich habe dir etwas Kartoffelsalat und eine Frikadelle fürs Mittagessen eingepackt."

Er ist bereits aufgestanden und hat sich den leichten Herbstmantel übergezogen, es ist ziemlich kühl geworden in den letzten Tagen. Während er ihr einen Kuss auf die Wange haucht, jedoch ohne sie anzuschauen, wendet er sich zum Gehen.

„Bin gegen fünf zurück, dann können wir noch gemeinsam Kaffee trinken, wenn du uns vielleicht einen schönen Kuchen bäckst."

Sie lächelt stolz – „Gerne" –, es macht sie glücklich, wenn er ihre Backkünste lobt.

Die Tür fällt ins Schloss. Nachdem sie von innen zweimal abgeschlossen hat, geht sie zurück zum Frühstückstisch und beginnt zu essen. Bisher hat sie nur zwei Tassen Kaffee getrunken. „Um die Zeit krieg' ich noch nichts runter", pflegt sie immer zu sagen. In Wirklichkeit hasst sie es jedoch, wenn Carsten ihr immer wieder Wurst oder Käse vom Brot nimmt, da er der Auffassung ist, sie würde dies zu dick belegen und verschwenderisch mit Lebensmitteln umgehen. Einen Moment gibt sie sich dabei wieder ihren Gedanken hin, dann steht sie auf und beginnt mit der Hausarbeit.

Herbert Wolfinger sitzt auf seinem Sofa, den Rücken hat er entspannt in die Kissen gelehnt, seine Knie hat er angezogen und mit den Armen umfasst. Würde ein Dritter dieses Bild sehen und ebenso Mike in seiner Zelle beobachten können, so würde dieser gewisse Ähnlichkeiten zwischen den beiden bemerken, zumindest, was eine offensichtlich bevorzugte Sitzhaltung anbelangt.

Der Himmel ist dunkel verhangen und der sonst so sensationelle Blick über die Skyline Frankfurts scheint genauso finster wie seine Gedanken. Er hat das Gefühl, etwas falsch gemacht zu haben. Hat er etwas übersehen? Was sollte er an diesem Fall jedoch übersehen haben? Er hatte ein umfangreiches Geständnis von Mike, Zeugen der Tat gab es nicht und so war die Sache – was seine normale Alltagsarbeit anbelangte – abgeschlossen. Der Fall für ihn erledigt.

Und doch war da dieses Gefühl.

Erneut greift er nach der Akte, er hatte sich eine Kopie sämtlicher Unterlagen gemacht und mit nach Hause genommen. Er wunderte sich über sich selbst, es gab wahrhaftig Wichtigeres und Dringlicheres, eine Vergewaltigung mit Todesfolge lag seit gestern auf seinem Schreibtisch.

Ein Blick auf die Uhr verrät ihm, dass der Abend noch nicht so spät ist wie er ihn empfindet. Sabrina hatte ihm gesagt, dass es heute spät werden könne, da sie sich noch mit einer früheren Kollegin treffen wolle, danach aber noch vorbeikäme.

Er atmet tief durch, zieht dabei die Luft geräuschvoll ein und streicht fast unbemerkt mit der flachen Hand über das Sofa. Genau über die Stelle, an der Sabrina immer sitzt. Die Bewegung ist so sanft und zärtlich, die Präsenz dieser wunderbaren Frau so allgegenwärtig, dass ihn ein leichter Schauer überfällt und er glaubt, sie fast physisch spüren zu können. Ein Schmunzeln huscht über sein Gesicht und lässt seine Augen aufleuchten.

Er liebt diese Frau. Er, der ewige Junggeselle, der sich damals nach seiner ersten Ehe und nach deren Scheitern geschworen hatte, nie wieder eine feste Beziehung einzugehen, und es war ihm ja auch mit unterschiedlichen Affären recht gut gegangen.

Er war jetzt verliebt, nein falsch, er liebte. Er wollte nie wieder ohne sie sein, er wusste nur noch nicht, wie er es ihr sagen sollte.

Er streckt die Beine aus, verändert ein wenig seine Haltung, damit er besser lesen kann, greift nach der kopierten Akte und beginnt mit dem gerichtsmedizinischen Bericht.

Als er Stunden später die Akte zuklappt, hat er immer noch das Gefühl, etwas übersehen zu haben. Er muss noch einmal mit Sabrina darüber sprechen.

„H err Rechtsanwalt, Ihre Ideen ja in allen Ehren – aber wie kommen Sie eigentlich darauf, dass ich mit Ihnen einer Meinung sein könnte?" Carsten Obertacke lächelt gönnerhaft.

„Ihr Mandant hat seinen Stiefvater brutal getötet, er ist mit einem Küchenmesser auf einen unbewaffneten Mann losgegangen und hat ihn nicht nur niedergestochen, sondern in schierer Raserei durchlöchert, oder wie bezeichnen Sie 23 Stichverletzungen? Dann hat er die Tat zu verschleiern versucht und hat das Opfer auf eine öffentliche Straße gelegt, damit er dort auch noch überfahren wird, als ob die Messerattacke nicht genug gewesen wäre. Mit seinem Verhalten hat er auch noch vorsätzlich die Allgemeinheit gefährdet. Stellen Sie sich doch einmal vor, da wäre eine junge Mutter mit ihrem Baby in einem Kleinwagen unterwegs gewesen, hätte versucht, dem Körper auf der Straße auszuweichen und wäre dabei womöglich gegen einen Baum gerast und ums Leben gekommen."

„Das ist ja Gott sei Dank nicht passiert und gehört deswegen auch nicht hierher."

„Fallen Sie mir nicht ins Wort. Ich habe da eben nun mal eine andere Meinung zu diesem Fall und auch über Ihren Mandanten. Ich kann dieses ewige Schlechte-Kindheit-Getue auch nicht mehr hören. Immer das Gleiche. Dieser Mike hat doch nur darauf gewartet, es seinem rechtschaffenen Stiefvater heimzuzahlen. Und nerven Sie mich nicht mit diesem Fall. Der ist sonnenklar und Sie können auch gleich davon Abstand nehmen, noch meine beiden beisitzenden Laienrichter zu kontaktieren, denn die sehen das nämlich genauso wie ich. Die Verhandlung ist für nächste Woche angesetzt. Ich werde auch am selben Tag ein Urteil fällen. Zeugen der Tat gibt es keine. Es liegt ein umfassendes Geständnis vor, welches auch nicht widerrufen wurde, und ich werde mir lediglich noch einmal diesen Wolfinger, den ermittelnden Kripobeamten, anhören. Das Gutachten des Psychologen ist klar und umfangreich genug, den habe ich jedenfalls nicht geladen. Sonst noch was? Ich habe noch eine Menge vor meinem Umzug ins OLG zu tun. Sie verstehen."

Er greift nach einem Stapel Akten und lässt Mikes Anwalt ohne ein weiteres Wort einfach im Raum stehen.

Tim Schrick ist bleich vor Zorn, er zittert. Dieser Obertacke hat ihn wie einen kompletten Vollidioten behandelt. Er muss noch einmal mit der zuständigen Staatsanwältin reden. Zielstrebig läuft er durch das Gebäude und klopft an Dr. Sabrina Schreibers Amtszimmer. Es ist niemand da. Auch das Vorzimmer ist leer. Er greift nach seinem Handy und schickt der Staatsanwältin eine Textnachricht mit der Bitte um Rückruf.

Seine Mailbox blinkt. Ein Anruf von Herbert Wolfinger, er möchte ihn sprechen, es sei dringend, eigentlich wollte er ja von hier aus direkt zu Mike fahren, aber vielleicht wäre ein Abstecher ins Polizeipräsidium gar nicht so verkehrt. Es würde ihn nicht allzu viel Zeit kosten und er könnte seine Wut über diesen selbstgefälligen Obertacke ein wenig abkühlen lassen.

Er setzt sich in seinen silbergrauen 3er BMW und fährt los.

Der Himmel ist wolkenverhangen, es nieselt und ist viel zu kalt für diese Jahreszeit. Mike hat wieder einmal nicht geschlafen, nicht das eintönige Frühstück angerührt, er ist abgemagert, wirkt ungepflegt und äußerst fahrig. Heute ist sein Tag, heute ist seine Verhandlung, heute um 11:30 Uhr.

Zur gleichen frühen Stunde ist Carsten Obertacke aufgestanden. Er hat ebenfalls schlecht bis gar nicht geschlafen. Nicht weil er sich etwa über den heutigen – seinen letzten – Fall bei der Jugendstrafkammer Gedanken machen würde, sondern weil heute Abend seine große Feier stattfinden soll.

Er sitzt seiner Frau wie immer schweigsam gegenüber und bestreicht wie jeden Morgen seit sechsundzwanzigdreiviertel Jahren sein sauber halbiertes Brötchen.

„Carsten, mein Liebster", unterbricht Heike seine Gedanken, „hast du noch einen besonderen Wunsch für heute Abend? Die Auswahl der Speisen, die du für das Büfett getroffen hast, scheint mir perfekt. Alle Gäste haben zugesagt. Es steht daher dem Gelingen deines Abschieds nichts mehr im Wege."

„Das soll es auch nicht", entgegnet er ihr, „ich hoffe, heute etwas früher Schluss machen zu können, habe nur einen Fall am späten Vormittag. Das wird schnell gehen und dann komme ich zeitig nach Hause. Du hast dann ja sicher schon alles fertig und vielleicht magst du uns beiden ja anstelle deines Kuchens heute eine Torte backen – du weißt, ich liebe deine Torten."

„Die Gäste kommen ja erst um 19:30 Uhr, da haben wir vorher noch ein wenig Zeit für uns. Übrigens, zur Feier des Tages werde ich mal sehen, ob ich auf dem Heimweg eine Flasche Champagner besorgen kann – nur für uns beide.“

Er steht auf, kommt auf sie zu, ganz nah und streicht ihr über die Innenseite ihres Oberschenkels.

„Wir machen uns einen schönen Nachmittag, nicht wahr.“

Heike lächelt. „Natürlich, mein Liebster.“

Während er in die Diele geht und sich wegen des leichten Regens einen gefütterten Trenchcoat anzieht, blickt er noch einmal zu seiner Frau, die unverändert am Frühstückstisch sitzt

„Ich nehme heute nichts zu essen mit, meine Liebe, möchte genügend Hunger haben, wenn ich nach Hause komme.“

Er grinst, dann verlässt er das Haus. Er ist beschwingt, fühlt sich heute besonders leicht, wie froh er ist, heute in dieser Kammer seinen letzten Arbeitstag zu haben. Sich nicht mehr mit entgleisten Jugendlichen beschäftigen zu müssen, sondern sich in seiner neuen Rolle mit den richtig harten Jungs auseinandersetzen zu müssen. Die würden sich alle noch wundern, mit ihm käme auch hier ans OLG ein Hardliner. Nicht so ’n weichgespülter Allesversteher, wie manche seiner Kollegen.

Mike bereitet sich in seiner Zelle vor, rasiert sich seit ewigen Zeiten einmal wieder – sein Anwalt hatte ihm gesagt, er möge bitte ordentlich aussehen, und ihm extra noch eine neue Hose und einen Blazer gebracht, dazu ein hellblaues Hemd und dunkelbraune Schuhe und Socken.

Gestern war Tim Schrick noch da gewesen, war den Verlauf der Verhandlung mit ihm durchgegangen und hatte ihm Mut gemacht. Alles würde gut gehen und er bald wieder auf freien Füßen sein. Über seine Zukunftspläne hatten sie gesprochen und darüber, was eine zu erwartende Bewährungsstrafe im Detail zu bedeuten hatte. Darüber, dass er, Tim Schrick, gemeinsam mit Herbert Wolfinger immer und immer wieder die Akte und alle Unterlagen durchforstet hatten, um einen etwaig übersehenen Fehler zu finden. Dass sie noch einmal bei Maria Göblinski in der Psychiatrie waren, diese jedoch nach wie vor schwieg, hatte er Mike gegenüber nicht geäußert. Sie hatten nichts Neues gefunden, nicht mehr in Erfahrung bringen können.

Um genau 11:30 Uhr bittet ein Gerichtsdiener die Wartenden in den Saal.

Mike wird von zwei Polizeibeamten begleitet, er trägt Handschellen.

Nachdem er neben seinem Verteidiger Platz genommen hat, ziehen sich die Beamten in Türnähe zurück.

Der Saal ist ziemlich leer, ihm gegenüber eine Frau, die Staatsanwältin, wie ihm Tim Schrick kurz flüsternd erklärt.

Die Sitzung ist öffentlich, jedoch scheint sein Fall die Öffentlichkeit Gott sei Dank nicht so interessiert zu haben, denn es ist niemand da, nur Herbert Wolfinger sitzt zwischen den leeren Stühlen und nickt ihm freundlich lächelnd zu.

Er freut sich, ihn zu sehen.

Richter Obertacke betritt mit den beiden beisitzenden Richtern den Saal.

Alle erheben sich.

Dann beginnt die Verhandlung. Nach einleitenden Formalitäten und der Feststellung, dass Richter Obertacke darauf verzichtet, sowohl den psychologischen Gutachter als auch Herbert Wolfinger als Zeugen zu hören, wird Mikes Geständnis verlesen.

Es folgen das ausführliche Plädoyer von Tim Schrick und dann das von Dr. Sabrina Schreiber, mit der Forderung, Mike wegen des minder schweren Falls des Totschlags zu bestrafen und aufgrund seiner persönlichen Historie und der Tatsache, sich selbst den ermittelnden Behörden gestellt zu haben, ein Strafmaß von zwei Jahre auf Bewährung festzulegen.

Sie hält ihr Versprechen, denkt Tim Schrick und lächelt sie bewundernd an, nachdem sie geendet hat.

Darauf wendet Richter Obertacke, der einer Steinsäule gleich den Plädoyers Gehör geschenkt hat, das Wort nun direkt an Mike und fragt ihn, ob er zur Sache noch etwas zu beizutragen hätte?

Mike erhebt sich, er schaut den Richtern einem nach dem anderen direkt in die Augen, beginnt zu sprechen und verstummt scheinbar im gleichen Augenblick wieder.

Die Bilder sind zurück, Tränen steigen ihm in die Augen, er sieht Anna-Lena, er sieht seine Mutter und er sieht die Tat, jedes Detail.

„Herr Brettschneider, ist etwas, haben Sie die Frage nicht verstanden?"

Keine Antwort.

„Herr Brettschneider, Sie müssen nicht antworten, aber bitte entscheiden Sie sich, wir haben nicht den ganzen Tag Zeit."

Zum ersten Mal scheint Carsten Obertacke ungehalten.

Weitere zähe Sekunden vergehen, bevor sich Mike gefasst zu haben scheint und er, während ihm noch eine Träne über die Wange läuft, mit zitternder Stimme sagt: „Ja, ich habe meinen Stiefvater Karl Göblinski erstochen – ja, das habe ich getan und alles, was hier gesagt wurde, entspricht der Wahrheit."

Während Mike diese Worte spricht, sind seine Gedanken weit entfernt, er hat seine Erinnerung wiedergefunden, jedoch die Bilder, die sein Gedächtnis ihm gezeigt haben, wird er für sich behalten. Es sind seine Gedanken, es ist die Wahrheit – er streichelt Anna-Lena über das blutverklebte Haar, ein letztes Mal und schließt seine Mutter zärtlich in die Arme und seit langer Zeit erwidert sie seine Berührung und lächelt ihn an. Fast kann er die Realität des Gerichtssaales mit seinen Gedanken nicht in Einklang bringen und beginnt leicht zu schwanken.

Tim Schrick zieht ihn rasch auf den Stuhl zurück.

„Nun, das ist ja fabelhaft – wir werden nach einer kurzen Pause das Urteil verkünden."

Nachdem er dies gesagt hat, steht Carsten Obertacke auf, begleitet von den beiden Beisitzern, und zieht sich zurück. Er möchte auf eine Mittagspause verzichten, da er ja so schnell wie möglich nach Hause möchte.

Wenig später betreten die drei erneut den Gerichtssaal und das Urteil im Namen des Volkes wird verkündet.

„Im Namen des Volkes ergeht folgendes Urteil: Michael Mehmet Brettschneider, geboren am 06. Januar 1984, wird zu einer lebenslangen Haftstrafe nach Paragraf 211 StGB wegen Mordes an seinem Stiefvater Karl Göblinski verurteilt."

Ein Stuhl kippt krachend zur Seite. Herbert Wolfinger ist wutentbrannt aufgesprungen.

„Das kann ja wohl nicht wahr sein", schreit er. Wut steht ihm ins Gesicht geschrieben.

Obertacke blickt ihn eiskalt an. „Wenn Sie sich nicht benehmen und sich nicht im Zaun halten können, Herr Wolfinger, lasse ich Sie aus – meinem – Gerichtssaal entfernen."

Herbert Wolfinger zittert vor Wut, hebt den Stuhl jedoch auf und setzt sich wieder hin. Er möchte sich die Begründung dieses Irren für dieses Urteil nicht entgehen lassen.

Sabrina schaut ihn an, auch sie zeigt Zeichen der Wut in ihrem Gesicht, jedoch auch Spuren von Entsetzen sind zu erkennen und sogar ein wenig Hilflosigkeit.

Tim Schrick ist der Mund offen stehen geblieben und sein Gesicht hat jegliche Farbe verloren.

Der einzige Mensch in diesem Raum, welcher außer dem Richter selbst völlig gefasst zu sein scheint, ist Mike.

Der Grund für seine Reaktion ist jedoch die mentale Flucht aus diesem Raum, er ist in Gedanken zurückgekehrt zu seiner Mutter, an den einzigen Ort, an dem er sich sicher und geborgen fühlt. Momentan ist er nicht in der Lage, die Tragweite dieses Urteils auch nur im Ansatz zu begreifen.

Obertacke fährt währenddessen mit der Urteilsbegründung fort. Michael Brettschneider habe die Tat von langer Hand geplant und nur auf einen günstigen Moment gewartet, um seinen verhassten Stiefvater zu töten. Er sei hochintelligent und wohlstrukturiert, wie der Gutachter in seinem Bericht ja ausführlich dargelegt habe. Aus den niedrigsten Beweggründen heraus habe Michael Brettschneider sogar den Tod der eigenen Schwester billigend in Kauf genommen, um endlich grausige Rache an Karl Göblinski zu nehmen und ihn mit gemeingefährlichen Mitteln schier abzuschlachten. Insgesamt 23 Stichverletzungen hätten hier die Bereitschaft zu ungezügelter Gewalt und offensichtlicher Freude am

Töten eindrucksvoll deutlich gemacht. Aufgrund seiner sportlichen Qualifikation als auch seiner körperlichen Kraft hätte er Karl Göblinski von dessen Tat mit den entsprechenden Mitteln abhalten können, um seine Schwester zu schützen.

Dies hätte er aus den bereits erwähnten Gründen mit offensichtlich schierer Mordlust jedoch nicht getan. Seine eiskalte und berechnende Art hätte dann in der Gefährdung unbeteiligter Dritter gegipfelt, als er die schrecklich zugerichtete Leiche seines Stiefvaters auch noch mitten auf einer öffentlichen Verkehrsstraße abgelegt habe. Hier käme auch der schwere und offensichtlich rücksichtslose Charakter des Angeklagten erneut zum Ausdruck.

Weitere Ausführungen folgen und das Urteil endet damit, dass Mike sofort in die Justizvollzugsanstalt nach Butzbach überführt wird, wo er seine Strafe abzusitzen habe.

Carsten Obertacke erhebt sich, verlässt den Raum und während er in seinem Amtszimmer die Robe gegen seinen Trenchcoat wechselt, beginnt er fröhlich vor sich hin zu pfeifen.

Mike wird abgeführt, er nimmt immer noch nicht die Realität wahr und geht zwischen den Beamten, wie in Watte gepackt, zum Ausgang des Gebäudes, um dort in das wartende vergitterte Polizeifahrzeug zu steigen.

Tim Schrick, Dr. Sabrina Schreiber und Herbert Wolfinger stehen gemeinsam im Flur vor dem Gerichtssaal und geben ihrer Empörung und dem Entsetzen über dieses soeben gefällte, außergewöhnlich harte Urteil Ausdruck.

„Ist dieser Obertacke eigentlich noch ganz dicht, hat er den Fall denn überhaupt verstanden", ereifert sich der Verteidiger.

„Ich kann es nicht fassen", entgegnet die Staatsanwältin, „niemals hätte ich ein solches Urteil für möglich gehalten. Ja, natürlich kommt es vor, dass sich ein Richter außerhalb der Forderung der Staatsanwaltschaft bewegt. Doch bisher kannte ich es eher umgekehrt. Meine Forderung, praktisch gegen die Forderung der Verteidigung und das Gericht, findet sich irgendwo in der Mitte ein. Ich habe so ein Urteil weitab von meinem eigenen Antrag noch niemals erlebt. Ja, Obertacke ist als Hardliner bekannt, aber so. Was und vor allem wem wollte er denn hiermit etwas beweisen."

„Herr Kollege, ich kann Sie nur dazu ermutigen, so schnell wie möglich in die Berufung zu gehen. Sie haben meine volle Unterstützung."

„Vielen Dank, Frau Staatsanwältin, ich werde so schnell wie möglich mit Mike sprechen und dann alles in die Wege leiten."

Er hält Sabrina und im Anschluss Herbert Wolfinger die Hand hin. „Auch Ihnen noch mal vielen Dank für die Unterstützung."

Dann wendet sich Tim Schrick zum Gehen.

„Und nun", fragt Herbert und schaut Sabrina an, „was jetzt?"

„Ich habe hier noch ein wenig zu tun. Aber ich werde so schnell wie möglich Schluss machen und dann gerne zu dir nach Hause kommen. Ich möchte heute auf keinen Fall alleine sein."

„Du kannst doch nicht einfach –"

„Herbert, ich kann momentan nichts, aber auch gar nichts machen, und das weißt du." Zärtlich legt sie ihm die Hand auf den Arm.

„Ich bin wütend und fühle mich wie eine Anfängerin, denn ich muss mich an dieser Stelle natürlich fragen, ob ich die ganze Sache nicht zu leicht gesehen habe. Und selbst, wenn dies nicht der Fall wäre, habe ich Obertacke eindeutig unterschätzt."

„Das war hier dein erster großer Fall, du konntest doch gar nicht wissen, wie dieser Idiot agiert."

„Doch, das ist es eben. Ich war offensichtlich nicht umfangreich vorbereitet, an was auch immer das gelegen haben mag. Es gibt keine Schuldzuweisung, denn ich bin ganz alleine für meine Arbeit verantwortlich und ich habe offensichtlich zu einem gewissen Teil am Schicksal von Mike teilgenommen und trage auch hier die Verantwortung dafür, dass dieser Junge erst mal auf unbestimmte Zeit in der JVA sitzt."

„Ich glaube nicht, dass dich irgendeine Schuld trifft – ich liebe dich." Dabei küsst Herbert Sabrina zärtlich. „Ich werde zu Hause auf dich warten."

Relativ schweigend hatten beide den gemeinsamen Abend verbracht. Jeder hing seinen Gedanken zu diesem Fall und der Entscheidung des heutigen Tages nach. Sabrina lehnte sich erschöpft mit einem Glas in der Hand an Herberts Schulter, während er liebevoll den Arm um sie gelegt hatte.

„Ich versuche immer wieder zu verstehen, wie dieser Obertacke den Fall gesehen hat.“

„Weißt du, Herbert, dieser Mann sitzt im Elfenbeinturm wie viele seiner Kollegen. Er hat die Realität und das individuelle Schicksal des Angeklagten bereits vor der Tat verdrängt. Fühlt sich als rechtmäßiger Entscheider und offensichtlich erhaben über jeden Zweifel. Offensichtlich wollte er Mike verurteilen und offensichtlich wollte er an seinem letzten Arbeitstag in dieser Kammer noch ein spektakulär hartes Urteil. Du kannst es drehen, wie du willst, hätte Mike zugestochen, bevor Göblinski seine Tochter erschlagen hat, hätte er ihn genauso hart abgeurteilt, weil sein Argument dann ungerechtfertigte Mittel gewesen wären und man ja gar nicht hätte wissen können, ob Göblinski seine Tochter wirklich hätte töten wollen. So hat er Mike unterstellt, dass er sofort hätte sehen müssen, dass seine Schwester tot ist – ein 18-Jähriger, ohne medizinische Kenntnisse, dass ich nicht lache –, und dass er dann aus voller, seit Jahren aufgestauter Rache und Wut gehandelt habe. Wie sagte er so schön, Mike hätte den Tod seiner Schwester billigend in Kauf genommen, nur um endlich Rache an seinem Stiefvater nehmen zu können.“

„Aber das ist völlig unlogisch. Hätte Mike seinen Stiefvater nur aus niedrigen Beweggründen töten wollen, hätte er das doch zu jedem Zeitpunkt tun können und nicht erst warten müssen, bis das Schwein seine eigene Tochter totschlägt.“

„Das sehe ich genauso, nur eben Obertacke nicht. Und leider gilt sein Wort und damit seine Entscheidung, zumindest vorerst.“

„Es ist, mit einem leichten Beispiel gesprochen, gleich wie wenn du deinen Führerschein wegen Trunkenheit am Steuer verlierst. Man fragt dich dann irgendwann, je nach Schweregrad, bevor du den Lappen vielleicht wiedersiehst, ob du noch trinkst. Selbstverständlich antwortet dann jeder, im Hinblick auf Rückgabe der Fahrerlaubnis, mit Nein. Die Konsequenz aus dieser Antwort könnte je nach Auslegung heißen: du hättest dein Alkoholproblem verdrängt. Antwortest du mit Ja, hin und wieder trinke ich noch etwas, werde dann aber selbstverständlich nicht mehr Auto fahren, bist du ein nachweislicher Säufer und man kann dir den Schein so oder so nicht mehr aushändigen. Verstehst du, was ich meine?“

„Mikes Tat ist so oder so zu sehen – im Zweifel immer für den Angeklagten. Obertacke hatte aber keine Zweifel und Mikes Leben mit seiner Mutter und Schwester, die Gewalt, die ununterbrochene Diskriminierung, der Psychoterror, hätten bei einem Großteil der Richterschaft eher strafmildernd gewirkt. In dieser außergewöhnlichen Stresssituation hat Mike das Grauen nur beenden wollen, gar nicht darüber reflektierend, ein Messer zu greifen. Ich glaube ihm, dass er gar nicht vorhatte, seinen Stiefvater zu töten, sondern nur wollte, dass das Grauen in diesem Moment ein Ende nimmt, und natürlich konnte er in diesem Bruchteil von Sekunden gar nicht erkennen, ob seine kleine Schwester bereits tot war oder ob man ihr noch hätte helfen können. Deshalb habe ich meine Anklage ja auf den minder schweren Fall des Totschlags aufgebaut, denn wie heißt es so schön: War der Totschläger ohne eigene Schuld durch ihm oder einem Angehörigen zugefügte Misshandlung oder schwere Beleidigung von dem getöteten Menschen zum Zorn gereizt und hierdurch auf der Stelle zur Tat hingerissen worden usw. Damit läge die Freiheitsstrafe bei einem bis zu zehn Jahren.

Hinzu kommt dann noch die sogenannte Affekttat, deren Voraussetzung eine entschuldbare heftige Gemütsbewegung oder seelische Belastung darstellt."

„Was könnte eine größere seelische Belastung sein als die grausige Szenerie, die sich in der Göblinskischen Wohnung an diesem Tag abgespielt hat?"

„Herbert, sei mir nicht böse, aber ich kann dir jetzt keinen juristischen Vortrag halten, ich bin unendlich erschöpft, möchte einfach nur in deinem Arm liegen und mich ausnahmsweise mal hemmungslos betrinken, obwohl der ausgezeichnete Wein eigentlich zu schade dafür ist."

Ein leichtes Lächeln huscht über ihr Gesicht, Herbert küsst sie innig. „Ich liebe dich."

„Das hast du heute schon mal gesagt."

„Ich kann das gar nicht oft genug sagen und ich werde damit auch nie wieder aufhören."

Als am nächsten Morgen das Telefon klingelt, liegen Sabrina und Herbert noch wie am Vorabend auf dem Sofa. Mit steifem Nacken greift Herbert nach seinem Handy.

„Wolfinger."

„Martin hier, Herbert, du solltest schnell ins Büro kommen.

„Was ist passiert?"

„Ein Kollege hat mich eben angerufen, Mike ist in der JVA zusammengeschlagen worden, Hintergründe und Täter sind noch nicht bekannt, die dortigen Kollegen ermitteln aber bereits. Im Gefängniskrankenhaus können sie ihn nicht behandeln. Er wird wohl gerade in eine Spezialklinik geflogen. Weil du ja so persönlich in dem Fall gesteckt hast, dachte ich, du solltest das gleich wissen."

„Großer Gott, das ist ja furchtbar. Danke, dass du mich gleich informiert hast. Ich komme, so schnell ich kann."

„Was ist geschehen?"

Sabrina blickt Herbert verschlafen an, als sie sich bewegen will, sinkt sie mit einem Aufschrei in die Sofakissen zurück

„Oh, ich glaube ich hab' mich verlegen, und mein Kopf, oh je, hab' ich Kopfschmerzen."

„Mike ist zusammengeschlagen worden. Es scheint ihn übel erwischt zu haben, ich fahr' erst mal ins Präsidium. Dann sehe ich weiter."

„Das ist ja furchtbar, halt mich auf dem Laufenden, ich bleibe hier, muss heute sowieso nicht ins Gericht."

Erst Stunden später erfährt Herbert Wolfinger endlich vom genauen Zustand Mikes. Man hat ihm in einer umfangreichen OP den Schädel öffnen müssen, da sich durch eine starke Hirnblutung der Druck im Schädel zu sehr erhöht hatte. Es liegen ein schweres Schädelhirntrauma, diverse Brüche und ein Milzriss vor.

Mike liegt im künstlichen Koma. Ob und wann er wieder erwacht, ist ungewiss, größere Spätfolgen können keineswegs ausgeschlossen werden.

Herbert lässt sich auf seinen Bürostuhl nieder. Auf seinem Schreibtisch liegen immer noch Mikes Deutschhefte.

Scheinbar wahllos greift er nach einem und schlägt es auf einer x-beliebigen Seite auf, beginnt zu lesen.

Und über Angstasphalt schmiegt sich geduldiges Moos
darunter zerfällt Beton
gibt auf
wird fruchtbar
wird Boden
für Sommerkastanien und Löwenzahn
für Aurikel und Wiesenufer
komm leg dich nieder
horch dem zärtlichen Gras
atme Windlächeln
betrete Regenbogen der Hoffnungswunder
und wisse um die Veränderung